你为何对我感到失望

北方联合出版传媒(集团)股份有限公司
万卷出版公司

目 录

辑一　市井

吃　客	003
螺　蛳	006
卤　菜	009
鱼　头	012
绸　布	015
点　心	018
白铁铺子	021
理发店	024
肉　铺	027
卖　药	030
茶馆店	033

辑二　记忆

自行车之歌	037
雨和瓦	044
河流的秘密	047
三棵树	053
飞　沙	059
露天电影	064

金鱼热	067
女儿红	070
女裁缝	074
女人和声音	078
关于冬天	092
夏天的一条街道	096
城北的桥	100
船	105
过去随谈	109
童年的一些事	114
初入学堂	119
九岁的病榻	124
六十年代,一张标签	127
错把异乡当故乡	130
八百米故乡	133
二十年前的女性	139
一份自传	143
母　校	147
洞	150
水缸回忆	155
牛车水、榴莲及其他	161
苏州北局	164
一个城市的灵魂	167
南方是什么	173
童年生活的利用	180
莱比锡日记七篇	184

辑三 人间

南腔北调	203
沉默的人	205
薄　醉	208
说　茶	210
纸上的美女	212
牛奶浴后上金床	215
电视与宗教	218
不要急	220
广告法西斯	223
无用的东西	226
卖假货	228
性学大师	230
旅游观点	232
时光隧道	234
先生小姐哪里人	236
一口价	238
多吃多占	240
不拘小节的人	242
出嫁论	244
狗刨式游泳	246
直面人脸	248
鬼故事	250
人吓人	252

败家子	254
饶舌的益处	256
模仿某某某	258
父　爱	260
水泥古迹	262
口头腐化	264
自我保护	266
HIV阳性	268
追星族	270
苍老的爱情	272
林荫大道的命运	274
自助旅行	277
沙漠中的一天	279
如何迎接新世纪	281
你为何对我感到失望	283

辑一
市井

一个早市，一个午市，点心店里总是宾客盈门的。点心店里的两个营业员，一个胖女人卖筹子，当时大概四十岁的年纪，脸上长着雀斑，面色红润，坐在柜台后面时看上去十分健康，待早市散了她走出柜台来收碗，你才发现女人是个残疾人，一条腿拖着另一条腿走路的。

吃　客

此人照理说是到了德高望重的年纪了，头发已经白得像腊月里的雪，一根黑的也看不见，奇怪的是他的气色很好，他的皮肤不老，其红润与细腻堪比初生的婴儿。他的眼神也不见一丝浑浊，老年人中常见的迎风泪、睫毛脱落、眼屎过多的毛病他都没有，他的眼睛在饱览了七十年风霜之后竟然清澈如水，像一个不谙世事的少年，何以如此？有什么灵丹妙药吗？老人说，有，有吃，吃呀，吃出来的。

大家并不怎么尊敬他，街上老老少少的人都叫他小三宝，很明显这是一个乳名，小三宝，哪里听说一个老人被满街的小孩唤作小三宝的？可这样离谱的事情就发生在小三宝身上。他的孙子那会儿刚刚学会说话，也咿咿呀呀地对他祖父说，小——三——宝——抱——抱。

小三宝对抱孙子之类的事情不感兴趣，他对吃感兴趣。他站在家门口与人聊天的内容大多与吃有关，他批评肉铺里卖的冰冻猪肉要不就是皮太厚，要不就是没有皮，总是不好吃，炒肉丝怎么炒都嫌老，烧红烧肉吧，怎么烧吃起来都不香。人家说，那也没办法呀，猪肉这么紧张，有冷冻肉吃就算不错了。小三宝站在那里神秘地摇头，微笑着说，有地方买新鲜的农家猪的，你们不知道罢了。人家自然就追问那个地方，这时候小三宝便打岔了，你想打听的他不透露，他把话岔到竹笋上去了，他说，码头那里有宜兴过来的船，卖竹笋，那笋很嫩，炖腌笃鲜不错的。

大家现在应该看出来了，一个本该是德高望重的人被人唤成小三宝，总是有它的道理的。

小三宝的妻子是个节俭的善于持家的老妇人，虽说是近墨者黑，她也特别喜欢翻看女邻居的菜篮子，告诉别人该吃什么不该吃什么，但她对吃的兴趣基本上是过日子人的态度，她一直不赞成丈夫这个吃法，不是反对美食，是反对他为了吃花了好多本该储蓄的钱。谁都知道，小三宝虽然家底殷实，但他有五个儿子，其中三个儿子都没成家，算算看，要花多少钱？你嘴上省一点是一点，小四小五明年都要结婚了呀！这一大把年纪的人，怎么就不懂事呢？老妇人经常像教训孩子一样教训小三宝，这时候小三宝清澈的眼睛里掠过一丝迷惘，很快他就想明白了，说，毛主席说的，自力更生，让他们自力更生嘛。

小三宝在吃的问题上执迷不悟，早晨他往市中心去，对老妇人说他去大公园打太极拳，其实太极拳是个幌子，小三宝天天去老字号的黄天源吃早点，有一次让一个邻居撞见了，看见小三宝面前放着一碗鸡丝馄饨，一只炒肉团子，还有一块白糖玫瑰方糕，小三宝当时不免有点慌张，一手擦着嘴角上的油,对邻居说,回去千万别告诉我们家老太婆。

邻居确实是替他保密的,不幸的是经济账最终是由储蓄金额和抽屉里的现金反映的。这年国庆前夕小三宝的四儿子五儿子一人打了小三宝一个耳光,大家一定猜到为什么了。小三宝捂着脸跑到邻居家,泪流满面,邻居也听见了这个家里的战争之声,不知道怎么安慰小三宝好,后来就听见小三宝自己在安慰自己,他说,这个年头,如果吃点好的都吃不成,活着还有什么意思呢?

螺　蛳

洪家嫂嫂嫁到我们街上来的时候人很瘦，扎着两根辫子，辫子也不粗，看上去有一点营养不良的样子。她男人洪三则是敦敦实实的，长期的翻砂工生涯使他的肌肉非常发达，虎背熊腰的，偏偏又怕热，夏天的时候穿汗衫也要把袖子卷到肩上去，穿裤子一定要把裤腿卷到膝盖处，那种体魄往好听处说是健美，可我们香椿树街的人说话哪里会往好听处说，他们把体魄特别强壮的人称作杀坯。洪三和洪家嫂嫂刚刚结婚那一阵，厂里的人街上的人总要和他开一些类似的不正经的玩笑，你这杀坯样子，不要把人家压坏了！

洪家嫂嫂总是在炉子前忙，忙得锅里沙啦啦地响着，锅里有什么好东西？不是什么好东西，是螺蛳，不曾料到有这么爱吃螺蛳的人，三天两头地炒螺蛳吃，嘴巴吃得累了，所以不爱说话吧。

吃螺蛳麻烦，要把螺蛳头剪了，螺蛳肉才能顺利地吸出来，这经验大家都有，怎么看不见洪家嫂嫂剪螺蛳，带回家就下锅了，安排得多有条理。女邻居们看着洪家嫂嫂端坐在桌子前，虽然手持一根牙签，但牙签大多时候是闲着的，洪家嫂嫂主要还是依靠吸吮的技巧把螺蛳吃下去，"嘶"的一下，"哒"的一下，堆满螺蛳的碗一点点地空了，另一只装螺蛳壳的碗却一点点地满了。

洪家嫂嫂和洪三的婚姻生活不和睦，他们半夜里吵架，估计吵的内容有点妨碍风化，就压低声音吵，吵了一会儿没有解决问题，那粗鲁的洪三就打人了，洪三那个杀坯，搬惯钢锭的，下手是什么分量？洪家嫂嫂让他打得叫起来，邻居们竖着耳朵想听她哭闹，等待的结果是失望，洪家嫂嫂要脸面，她只是哭叫，什么难听话都不说。

第二天，洪家嫂嫂虽然保持了沉默但眼里心里都是恨，大家都看得出来。她不给洪三做晚饭，给自己炒了更多的螺蛳，怀着深仇大恨，"嘶"的一声，恨恨地吸进去，"哒"的一声，又把螺蛳壳恨恨地吐出来，突然把牙签一扔，不吃了。旁边的女邻居正纳闷呢，听见她说，吃什么螺蛳？吃好的，吃虾，吃螃蟹，吃鸭子，吃穷他才解我的气！

洪家嫂嫂其实是个敢想敢做的人，这一点大家都没有想到。后来小夫妻每次吵架，第二天洪家嫂嫂必然在家里暴饮暴食，虽然说的与做的有点距离，她并不总是吃昂贵的东西，毕竟洪三经济条件有限，可是洪家嫂嫂的胃口也是很怪的，那么瘦小的一个女人，怎么能吃下去那么多的酱鸭、油爆虾、白斩鸡？就像她对洪三的报复手段一样，她的胃口和性格一样让人百思不得其解。

洪三没得吃，谁让他总是打老婆呢。洪家嫂嫂吃完了把剩菜放进碗橱，上了锁，洪三要吃就必须把锁砸了，可洪三也是要面子的人，怎么能做这种事让邻居笑话，就经常去小吃店吃阳春面，权充晚餐。

洪三后来倒不见瘦，说明阳春面也有其营养价值，可是那洪家嫂嫂却一天天地胖起来，街上所有人都看见了，她原来是瓜子脸，现在变成个南瓜脸，下巴有两层。仍然有人和洪三开玩笑，说，他们夫妻现在倒是般配了，谁还怕谁？不是东风压倒西风，就是西风压倒东风！

卤　菜

二十世纪七十年代我们街上有一家卤菜店，是国营的，两个营业员，一个是即将光荣退休的小堂的奶奶，一个却是刚刚分配了工作的高峰。小伙子和老太太本来就志不同道不合，偏偏高峰对待工作吊儿郎当的，尤其不注意卫生，出去上了厕所，回来也不肯洗手，小堂奶奶怎么催也不洗，他还狡辩说她别叫好不好，本来人家不知道我上过厕所，你这么一叫——看看，看看，现在没有顾客来买卤菜了，你还怪我呢，怪你喜欢叫。

自从高峰当了卤菜店营业员之后卤菜的销量急剧下降，这与高峰的个人卫生有关，他老是站在柜台后面挖鼻孔，谁愿意在他手上买卤菜呢。那么多卤猪头肉、卤猪舌头、卤白肉原封不动地待在盆子里，一副怀才不遇的样子。做营业员的也没有办法，天气又热，又不像大卤菜店有冰箱，小堂奶奶临下班前嗅一嗅各种卤菜，说，都坏了，只好我买回家去吃了。当然是按照极其划算的处理肉的价格付的钱。高峰看在眼里，气在心里，心想为什么总是你来占这个便宜，嘴上又不好意思和老太太争，眼睁睁地看着小堂奶奶把一包包的卤菜带回家。

也是无心插柳，一老一少后来对于店里的营业额就不关心了，反正是国营的店，卖多卖少总店发的工资是一个数。小堂奶奶年轻时候是个先进工作者，现在临近退休，有点晚节不保，占国家的便宜占一点是一点。高峰知道她的心思，起初忍着，后来忍不下去了，就说，我也要，你把猪头肉留下，我好多朋友爱吃猪头肉。小堂奶奶说，我们家小堂也最爱吃猪头肉呀。高峰就带有恶意地说，你们家小堂不能再那么吃了，自己都快吃成个猪头了。

后来每天下午三四点钟高峰的狐朋狗友就来了。他们如果是从高峰这里走个后门，占个便宜把猪头肉买回家也算了，小堂奶奶也不会生气，高峰的朋友是赌着吃的，他们玩牌，谁输了就在几秒钟内把所有猪头肉吃完，赢的人在一边数数。看着他们这样糟蹋总店送来的猪头肉，小堂奶奶那个心疼呀，她说，明天不让总店送猪头肉了！不送了！高峰针锋相对，说，那什么都别送了，反正送了也卖不掉。小堂奶奶知道高峰什么意思，只怪自己腰板挺不直，只好气呼呼地提前下班，让这帮年轻人在卤菜店里胡闹。

高峰和他朋友的猪头肉游戏大概维持了一个月，后来就出了事，有一天是高峰自己赌输了，愿赌服输，只好把三盆猪头肉按时吃下了肚子。吃撑了，肚子很难受，这是正常的，是个人的肚子吞进去这么多猪头肉都会撑着，所以高峰坚持着和他朋友打扑克，没想到后来就开始腹泻，一趟趟地跑厕所。高峰知道是猪头肉出了问题,后来只好把卤菜店的门关了,留在厕所边。猪头肉游戏也就被迫结束了。

总店的猪头肉从来没出过问题,怎么偏偏在他自己身上出了问题,高峰一直纳闷。过了很久以后,小堂奶奶已经退休了,高峰有一天心血来潮要清洗柜台,找到了以前小堂奶奶留下的半瓶肥皂水。看着那瓶子他突然就明白了,怪不得老太太那天临走那么恶狠狠地说,他们这么糟蹋猪肉,要遭天报应的!闹了半天,是小堂奶奶报应了他,高峰不由得心头一惊,这个老×,看不出来,还很阴险嘛。

阴险也是应该的,大家知道,要不是小堂奶奶的阴险,高峰他们不知道要糟蹋多少国家的猪头肉!

鱼　头

　　一到过年居得胜夫妻俩便忙起来了，尤其是在傍晚时分，我们经常看见他们站在门口送客人，有时候是女的送，有时候居得胜送，有时候客人比较重要，夫妻两个一起送。居得胜尽管只是一个科级干部，但他的派头很大，一手叉腰，挺着将军肚子，像毛主席一样随意地挥手，女的毕竟会来事一点，热情地吩咐客人说，过年来吃饭，一定要来啊！
　　怎么能不热情呢？人家刚刚送来了年货。年货中又鱼为多，青鱼、草鱼、黑鱼，都是从鱼塘里刚刚起上来的，有的还活蹦乱跳的。所以客人一走居得胜夫妇就忙开了。送来的鱼太多了，居家像个鱼铺子，黑鱼最受欢迎，养在水里多少天也不会死，其他鱼多了是累赘，他们夫妇只好合作着，一个刮鳞，一个剖鱼，及时地把鱼一条条地挂在绳子上，风干了以后就能腌了，腌了就不怕了，什么时候都能吃。
　　坛坛罐罐都派上了用处，还是不够用。居得胜的妻子就到邻居家借缸，说是要腌雪里蕻，邻居撇着嘴笑，说，什么雪里蕻，你们家的鱼腥了一条街了，没看见满街的猫都往你家跑？居得胜的妻子有点尴尬，说，我们老居的朋友也滑稽，就不能送点别的？尽是鱼，弄得我这几天看见鱼就犯恶心。邻居说，你犯恶心我不恶心，你家吃不了我来帮你吃好了。居得胜的妻子犹豫了一下问，鱼头你们家吃不吃？邻居说，吃，怎么不吃？你们不吃鱼头，都送我，我爱吃鱼头！

邻里关系当然是要搞好的，后来居家就把鱼头都送给了邻居。邻居家姓王，家里孩子多，乡下老人都活着，经济条件不好，过年时候别人大鱼大肉往家里搬，他们家就准备了一只猪头，几条冰冻带鱼，居得胜免费奉送的鱼头便让老王用来改善了伙食。老王人是聪明的，对于烹调是无师自通，青鱼头、草鱼头放在一只锅里，红烧了吃，又放了点辣椒，味道很鲜美，结果孩子们抢着吃，把鱼的眼睛都吃到肚子里去了。

老王家境不好，什么都不够吃，不能像别的邻居一样，做了有特色的菜就端一点给邻居尝尝，所以在很长一段时间里没有任何人知道老王会做那道红烧鱼头，即使是提供了鱼头的居得胜家，也没吃过。

世事一贯难以预料。物质匮乏的二十世纪七十年代像别的年代一样，终究也过去了。八十年代我们香椿树街刮起了一股破墙开店风，老王家也破了墙，开了一家饭馆。不知道是在哪儿受到的启发，他们的看家菜就是红烧鱼头。去老王家吃过的人都夸那鱼头味道好，说，从来不知道青鱼头草鱼头红烧了好吃，更不知道两种鱼头一起炖，味道会这么好！

居得胜夫妇后来也知道了老王鱼头的秘密，知道了就有一种莫名的辛酸。居得胜这几年混得不如意,喜欢骂人,说,他妈的,这老王没良心,靠了老子的鱼头发的财,也不来意思意思。老王听说居得胜在家里骂人就差伙计送了一盆红烧鱼头来,让他消气,可是居得胜夫妇看着鱼头都吃不下去,居得胜的妻子沉思良久,叹了口气说,当年是可怜他们呀,到底送给他多少鱼头,我怎么也记不起来了!

绸　布

下了桥右手第一家店铺就是成记绸布店，二十世纪七十年代成记与商业战线的其他兄弟单位一样，更名为爱民绸布店，但是总有些上了年纪的妇人，嘴懒，在街上碰了面，互相招呼着说，成记来了新的零头布了，不要布票，去看看呀？

店铺的面积在我们街上算是大的，布柜是过去留下来的，嵌在三面的墙壁中，一匹匹色彩暗淡或者土气的棉布、府绸、尼龙、灯芯绒、黏胶布、的确良傻傻地站在那里，看着店堂里的女人们。女人们其实也没什么看头，穿得一片蓝一片灰一片黑的，与霓裳羽衣的要求相去甚远，说起来巧媳妇难为无米之炊，没有美丽的衣裳？它们这些布匹也是有责任的。

账台是个小玻璃房子，女收银员坐在里面就像坐在检阅台上，三股铁丝从各个柜台的上空通向这里，酷似如今城市中的高架桥，交通便捷。柜台上的营业员做好了买卖，把钱和布票夹在夹子里，夹子好比一架小飞机，上了航线，嗖的一声，就飞到了小玻璃房子里面。

或许是与布匹打惯了交道，爱民绸布店的营业员不管是男的还是女的，脾气也像布料一样温和柔软，缺乏其他商业战线的同志常有的莫名的火气和斗争方向。尤其是被女人们唤作申师母的那个，她见人就笑，不管你是好人坏人，只要你有布票，只要你听从了她的建议，选定了布料和长度，她就满足地微笑着，把布匹抱出来，啦、啦、啦，布匹在玻璃柜台上一串滚翻，将它的花纹和质地一点点地铺开，展示给你看。花纹是保守的掩掩藏藏的，质地是稀疏的差强人意的，也许正因为如此，布匹在出售的过程中不见一丝痛苦，相反是带有某种歉意，而申师母为人熟悉的微笑，你也可以看作是安抚性的笑容，这笑容的潜台词是：不是什么好料子，不过棉花那么紧张，上哪儿去剪从前那么好的布料呢，凑合着剪回去裁件衣服吧。

这申师母是五十年代公私合营前成记的老板娘，不知道是幸运还是不幸，她的老板娘生涯刚刚开始就结束了。我们后来看着她在爱民绸布店里为人民剪布，把头发都剪白了。白了头发的申师母仍保持着她的为人民服务的微笑，人缘一直很好，但有的女顾客私下里议论说，申师母现在不如以前那么热情了，你问她话她神情恍惚，更让人惊讶的是她剪了一辈子布，现在一下剪子手就抖，不知是怎么回事，好几个女顾客把纸包里的布打开后发现，布头竟然是歪的。

后来大家知道申师母得了病，得的是精神方面的病。她女儿能说出那个怪里怪气的病的名称，可惜大家都没记住，只是哀叹一个这么好的人怎么脑子出了问题，怎么不让街上的那几个泼妇恶汉得这个怪病。申师母离开了桥边的布店，天天坐在家门口晒太阳，膝盖上放着一只棉垫子，坐在那里仍然向人们微笑着，但你一眼能看出来那是个病人，她的目光定定地盯着路人的衣服，她的花白的脑袋始终在向左右两边摇晃，好像在否定大家的穿着打扮：

不好看不好看。

你穿得不好看。

点　心

一个早市，一个午市，点心店里总是宾客盈门的。点心店里的两个营业员，一个胖女人卖筹子，当时大概四十岁的年纪，脸上长着雀斑，面色红润，坐在柜台后面时看上去十分健康，待早市散了她走出柜台来收碗，你才发现女人是个残疾人，一条腿拖着另一条腿走路的。另外一个小伙子是点心店唯一的大师傅，二十出头，模样可以说是很英俊了，只是说话结巴，结巴得还很厉害，好在他忙是忙在手上，在大灶上忙，你走到他面前也不是去和他攀谈，是去端面条、端汤团、端馄饨的，所以他结巴对别人一点也没有妨碍。

结巴小伙子的手艺不错，尤其是小馄饨做得好，虽不能像绿杨馄饨店那样的名店，奢侈到用鸡汤，但他舍得用荤油骨头，所以下午两点钟一过午市开张以后，街上嘴馋的男女老少包括附近纺织厂的青年女工都会结伴来吃馄饨，吃完馄饨喝完汤，勺子还舍不得告别碗，在碗边上敲一敲，说，明天再来吃一碗。

有个怪现象大家是后来才注意的，每当年轻的纺织女工们叽叽喳喳地冲进点心店，胖女人的脸就会莫名其妙地沉下来，对她们极不耐烦，所以纺织姑娘们一出门就说胖女人的坏话，说她是怎么回事，好像我们吃的是她家的馄饨似的，天天阴着个脸，难道我们吃馄饨不花七分钱？但灶上的小伙子给纺织姑娘们留下了很好的印象，或许是结巴造成了小伙子的缄默和腼腆，他不怎么和纺织姑娘搭讪，但他的大漏勺向她们表达了他的心情和友善，他会多给姑娘们一个两个馄饨，个别长得漂亮又会说话的，得到的几乎是一碗半馄饨！

这年春天，很突然地，街上流传着一个耸人听闻的风化案子，人人手指点心店。大家不能相信的是这起风化案子的当事人，一男一女，竟然是小牛嚼了枯草——女方是点心店的胖女人，这不奇怪，曾经有邻居在背后评价她身残志不残，深更半夜经常像猫一样乱叫，还说胖女人的丈夫是如何如何地面黄肌瘦。令人不敢相信的是男方，男方竟然是点心店的那个小伙子，是那个小伙子和胖女人钻了近郊的菜花地，让好事的农民当场抓住，扭送去了派出所。

这事情一定是确凿无疑的，点心店盘点数天，而后重新开了门，大家拥进去吃点心，看见胖女人若无其事地坐在柜台上卖筹子，假装看不见食客们诡秘的不怀好意的表情，但她的小儿子在店里吃面，正好做了她指桑骂槐的工具，她说，吃你的面，眼睛贼溜溜地看什么看？人家的脸能当点心吃下去呀？食客们走到里面，看见一个秃头的老师傅在灶上忙，结巴而英俊的小伙子已经不在这儿了。

点心店名字就叫群众点心店，人民群众当然有权利继续在这里吃点心。放弃这权利的是那些年轻的纺织姑娘，自从那年春天以后她们再也不去群众点心店吃馄饨了。有的姑娘说话有分寸，说那儿的馄饨现在不好吃了，所以不去吃，有个姑娘则是快人快语，将矛头直指点心店里发生的不伦事件，她说，谁有胃口再进去？两个畜生做点心，脏不脏呀？恶心不恶心呀？

　　年轻姑娘毕竟年轻，看待问题感情用事了，年纪大一些的男性食客对事物的看法是最宽容的，他们说，你们试试去，让两块石头天天靠着，两块石头迟早滚到一起去！何况人家不是石头，人家是两个人，是一男一女两个人嘛！

白铁铺子

我们那里把修补铝制品叫作敲白铁,敲白铁的人便被叫作白铁匠。白铁匠一般是游街做生意,嘴里叫,手里敲,坏锅坏水壶拿出来补啦。房子里的人听见这声音便急急地冲出来,将一只漏了底的水壶或者黑乎乎的炒菜锅往白铁匠面前一扔,一边埋怨着他的手艺,说,去年才换的锅底,怎么今年又漏了?你再补不好我就把它扔了,去买新水壶来——听上去好像是对白铁匠的一种威吓,再不好好敲,让你以后没生意做!

不记得是哪一年了,街上凭空冒出了一家白铁匠店。五个中年或者接近老年的男人坐在两间临街的狭长形的屋子里,有的戴着老花镜,有的膝盖上铺着麻袋布,坐成一个半圆,乒乒乓乓地敲起白铁来。一贯很安静的街道一下子便变得不安静了,不仅不安静,简直是令人心烦。

细细向白铁铺里一看,你就知道有关方面开设这铺子是用心良苦。五个白铁匠,除了一个老孙货真价实,其他都是冒牌的,众人哑然失笑,原来里面坐着的尽是街上被打倒了的"牛鬼蛇神"。

一个姓汤的瘦老头是街上比较著名的人物,他的历史是最不干净也是最让人耻笑的,男子汉大丈夫,偏偏喜欢做逃兵,当国民党兵做逃兵情有可原,俘虏他让他参加了革命,本来是多么好的机缘,他不珍惜,还是逃。这么逃来逃去就给自己的档案抹了黑,把他归入牛鬼蛇神是一点也不过分的。

老汤原来跟一群女人一起加工纸盒子,他像贾宝玉在大观园一样如鱼得水,吃吃这个的豆腐,摸摸那个的屁股,好不自在。现在把他弄到这个白铁铺子来,老汤敢怒不敢言,其他牛鬼蛇神都夹着尾巴在洗心革面,他也不能消极怠工,就模仿着老孙,拿起小锤子,一心一意地敲白铁。老汤敲白铁敲得最响最密,但他不懂技术,怎么敲也是乱敲一气儿,他给旧锅旧水壶换的底,用手轻轻一掰,新的锅底就掉下来了,那些勤俭持家的妇女们气得不行,拿着东西到白铁铺兴师问罪,老汤装糊涂,还问别的牛鬼蛇神,说,是谁补的这锅?纸糊的也比这结实嘛。别的牛鬼蛇神也来气,为了对付狡猾的老汤,他们在他补的锅底下一律用墨水写上一个"汤"。

老汤的坏名声在新的岗位上继续传播着,孩子们后来拿着铝锅铝壶来白铁铺子时,常常附加一个条件,我妈妈说了,我家的锅不让老汤敲!这种打击老汤倒是能承受的,促使老汤后来敲白铁技艺突飞猛进的是小组长老孙带回来的消息,有一天老孙从区里开会回来,忧心忡忡地看着老汤,说，你不能这么乱敲下去了，有的顾客向上面反映了，说你是破坏抓革命促生产的大好形势，上面也说了，你再这么干下去，要专门组织批斗会，斗你!

老汤其实是个胆小如鼠的人，年轻时他能逃，现在年纪大了腿脚不好，况且祖国山河一片红，他也无处可逃。于是他决定虚心学艺了，突然向老孙一跪，说，你收我做徒弟吧，你好好教，我好好学，否则把我揪台上去，你们也要陪斗的。

后来老汤敲白铁便敲得很好了。我们家有一只专门用来煮粽子的大铝锅是老汤晚年的手艺，用到九十年代锅底也没掉。端午煮粽子的时候我母亲总要唠叨一句，老汤当年补的锅底呀。

锅还在，补锅的老汤早已经不在了。

理发店

街北的这家理发店紧挨着菜市场，所以每天人来人往的。有人进去理发，有人抱着婴儿进去给婴儿剃满月头，有人进去什么也不干，站在理发师的后面，看着人家理发，嘴里有一句没一句地和理发师（或者是顾客）聊天，莫名其妙地把理发店当成了茶馆。

炉子上长年煮着沸腾的开水，冬天的时候炉子和水汽使理发店显得特别地暖和，夏天这炉子便讨人厌了，理发师们把它请到了外面去。封炉子是不行的，在没有热水器的年代里，理发店离不开炉子，理发师们空下来会提着那壶沸水爬到一只凳子上，小心地把沸水灌进自制的土水箱里，打开龙头，就可以为你洗头了。水温没有办法调节，全靠理发师的经验，有时烫一点，有时冷一点，没有什么人会埋怨的。

理发店里突然分配来一个姑娘，一个圆圆脸的留短发的姑娘来这里做了一名女理发师。大家都有点不习惯，不仅是来理发的店里常客不习惯，他们原来往大转椅上一坐，人是很放松的，什么话都说，现在一个姑娘站在旁边，有的荤话就不好出口了。这些人变得一本正经,理发师们也不习惯,他们的工作那么枯燥,原来有那么些老客来调剂一下,哈哈笑笑,时间过得就快一些,现在来了这个姑娘,大家都只挑能说的话说,于是理发店里就显得安静了许多,电推子嗡嗡的声音和剃刀在帆布上的刮擦声听上去都尖厉刺耳了。

女理发师也不自在,虽然穿好了白褂子,扶着一只转椅示意来人到她那儿去,可来人偏偏不往她那儿去。来理发的男人死心眼,姑娘家会剃什么头,弄不好剃个马桶盖出来让人笑话。来剪头吹风的女人心眼多,自己是女人还小看女人,信不过她,还是找熟悉的老王老李,人家正忙着,没关系,坐在一边等。

好在那个姑娘明白事理,遭此冷遇也不闹什么情绪,大人不要她理发,她就把那些半大的孩子拉到自己那里,几乎是强迫似的,将白围兜紧紧地扣住你的脖子,往哪儿看?看镜子,头别动,低一点。推子果断地响起来,头发已经掉了一圈,你想跑也跑不了啦。

凡事都有例外,我们街上小堂的哥哥就是一个例外,他有一天走进理发店,毫不犹豫地坐到了女理发师的前面,大家都看见他涨红了脸,指着自己的脑袋说,头发长了,你给我剃吧。女理发师或许是没有思想准备,一时竟然手足无措,她说,要不要——眼睛看着其他的理发师,理发师们却暧昧地看着她,不作任何表示,意思是你大胆地剃吧,剃成什么就是什么人家就是找你剃,与我们不相干。

小堂的哥哥是醉翁之意不在酒,大家后来都发现了。

发现以后都说这个家伙看上去木讷，实际上是诡计多端，其他小伙子追求女朋友，谁不是费了九牛二虎的力气，他却省心，往理发店一坐，坐了几次，就把女朋友追到手啦。

女理发师姓陈，后来她果然做了小堂的嫂子。好在小夫妻俩后来的婚姻生活还算美满，男的女的都没吃亏的样子，否则我们真的要怀疑这小陈缺心眼了。

肉　铺

肉铺当时是一座看得见的幸福桥，至少对于那些胃口很大却又没有油水的孩子来说，如果他们的母亲早上挎着篮子去了肉店，那他们的午餐或者晚餐将是一种明明白白的幸福，这幸福盛放在盘子里，散发出久违的红烧肉的香味，街上王五六的儿子对幸福的造句竟然就是这样写的：幸福就是红烧肉。结果那小男孩让语文老师揪着耳朵推出了校门，老师说，你回家吃红烧肉去！王五六的孩子像王五六一样没头脑，还是一个劲地纠缠于肉的问题，他将书包在墙上砸过来砸过去，冲着老师愤怒的背影嚷，我们家从来没有红烧肉，我春节过年吃过一次，后来再也没吃过！

其实猪肉还是能买到的，只要逢周二、周四、周六，只要你肯在凌晨时分去肉店排队，只要你与肉铺里的几个店员保持良好的关系，你可以买到半斤以内的新鲜的"肋条"，或者"坐臀"，或者五花肉，或者新鲜的猪肝、猪肺、猪大肠，在半斤以内，丰俭由人。

可是为什么街上有的人到了七点钟太阳升得很高了才去

肉铺，却照样拎回来热腾腾的新鲜猪肉呢，为什么不是逢年过节，有的人能够随意地把一只猪头用报纸包着带回家，卤了吃，腌了吃，猪耳朵那么大那么肥，一切一大盆，花很少的钱，就把别人一年才能积存的油水全部吃到肚子里去了？

这就要说起肉铺里的一个国字脸女人了。这女人尽管天天与猪肉和刀斧打交道，却是一个权力与智谋兼备的人，用现在流行的话语来说，一个标准的女大腕。她在街上的地位与受人追捧的程度可以让北京的女部长嫉妒，她在工作中从不与熟人说话，但她的眼睛在说话，现在别来跟我拉近乎，反正我让你占点便宜就是啰。她的斧头也是长眼睛的，远的疏的不欺负你，但瘦的肥的按店规搭配好了，说三两肉绝大部分不多给一钱。相反的是那些多年与她保持着睦邻友好关系和互惠互利关系的人们，这些人经常怀着一个令人心跳的秘密奔向肉铺，不知从国字脸女人那里捞了多少油水，这些人的脸色看上去就比别人红润一些，体形也要胖一些，他们以为自己保养得好，殊不知这与平时的营养也是分不开的，营养从哪儿来，当然从国字脸女人那里来。

国字脸女人后来不知怎么得了肝炎。肝炎要传染，饮服公司革委会研究决定让她离开了肉铺，离开肉铺到哪儿去呢，肝炎带了菌的人不能在饮食服务业工作了，就让她去了煤球店。大家知道那时候煤球也是要凭票的，煤球店的店员执掌煤权，国字脸女人虽然有点失落，但还是服从组织安排去了新的岗位，这么着她就和煤球店里的小兵他妈成为同事了。

也是人心不古，小兵他妈原来是用煤球和国字脸女人互通有无的，现在两个女人各自守着一架磅秤，谁也用不着谁，友谊很快就为了一些琐事彻底破裂了。女人一翻脸喜欢揭人之短，吵了没几句就把从前的秘密吵出来了。国字脸女人说，你现在像个标兵样子，我过去来买煤球，你收我五十斤的煤球票，称给我多少斤煤球？八十斤啊！小兵他妈妈不甘下风，结果就抖搂出一个更加惊人的秘密，她说，你倒是标兵了？我给你一块钱割三两肉，你给了我半斤肉不算，还倒找我两块钱！

卖　药

　　我们街上的药材店是老字号，我很小的时候那店开着，里面有几个老头子站在幽暗的高大的柜台后面，露出一个饱经风霜的脑袋，无所事事地向街道张望，他们闲着是好事，可以想象的，如果他们像粮店那样忙起来，人民群众的健康一定出大问题了。药材店不知什么原因关了好几年的门，门口堆起了豆制品门市部的木头架子，那些粗笨的大木头架子好像存心堵着药材店的塞板门，一定是以为药品市场已经革命到底，人们不再需要中草药了。这肯定是有失偏颇的，代表的是西药的观点。有一年药材店忽然就重新开了门，平时街上一些病病歪歪的人便互相奔走相告了。

　　原来的几个老店员却不在了，现在的两个店员都是姑娘，一个很年轻，另一个老成一些，但也是姑娘，反正不像是给人抓药的。她们站在药材店新置的日光灯下面，眉目让人看得很清楚，后面的小格子窗似的小药屉上的编号人们也能看清楚了，可是看清楚了不一定是好事，街上的人们仍然相信中医，可他们拿着药方却不一定去我们街上的药材店，老谋深算的人考虑问题很细致，革命需要小将的干劲，抓药这样的事却不需要他们，万一抓错了药呢？

药材店里很安静，两个姑娘总是比画着说话，有人进去买红药水或甘草枸杞之类的东西，仔细一观察，其中的一个姑娘竟然是个哑巴！

哑巴姑娘对待工作的热情明显是好过另一个，她似乎是从早到晚端立于柜台后面，用聋哑人特有的明亮的眼睛看着来往路人，好像在说，把药方拿来，拿来，让我为你服务，服务！可是人们就是不能改变他们的偏见，即使偶尔有去药材店抓一服治头疼脑热的药方，他们也把药方交给那个会说话的小马姑娘。

凡事皆有例外，是金子总是有闪光的时候。哑巴姑娘也许是坚信这一条，一直无怨无恨地在药材店空站着。这年夏天罗平的姐姐连续几天在药材店门口徘徊，她向药材店里面偷看，热情的哑巴姑娘就向她招手，招了好几次手，罗平的姐姐就扭扭捏捏地进去了，进去以后却对着小马姑娘说话，你们卖不卖沙药水？小马姑娘摇头说，什么是沙药水？我们这儿只有紫药水红药水。被冷落的哑巴姑娘看看女顾客的嘴，对同事打了个手语，原来她知道沙药水在哪里，不仅知道，立刻扑进去取了一瓶放在柜台上。罗平的姐姐把药瓶抓着，对小马姑娘说，我消化不良，医生让我买三瓶。这小马姑娘看清了沙药水摆放的位置，很省力地过去又拿了两瓶。照理说药材店里的店员难得有为人民服务的机会，有人一下买三瓶药水应该高兴才是；没想到哑巴姑娘突然呜呜地叫起来，不仅叫，她还抢下了两瓶放在怀里。其他两个人都惊讶，罗平的姐姐更是急白了眼，隔着柜台对哑巴姑娘又抓又挠的，哑巴姑娘很机智，她突然抓起笔在纸上写了一个字：死。把纸团塞在罗平的姐姐的手里就躲到一边去了。

罗平的姐姐没有给小马姑娘看那个字，所以这个纸团成为了一个秘密，也使罗平的姐姐后来莫名其妙地做了哑巴姑娘的朋友。近年夏天街上流传着罗平的姐姐未婚先孕的小道消息，又从市医院传来一个与沙药水有关的可怕的新闻，不止一个姑娘听信偏方，大量服用沙药水打胎，结果害了自己的性命。

凡与中草药有关的，哑巴姑娘什么都懂，小马姑娘不奇怪，她知道哑巴是这家老字号主人梁文儒的孙女。可是小马姑娘说，沙药水是西药呀，你怎么也懂？哑巴姑娘一下子就沉默了，后来她一边哭一边给饶舌的同事打手语，手语说，我妈妈就是服三瓶沙药水死的，她受苦太多了，不想活了。

茶馆店

茶馆店就是茶馆,不知道我们那里的人为什么多此一举,把一个简单的公共场所叫复杂了,如果推敲起来,别人会问,这茶馆店到底是什么意思,是馆还是店?或者有顶真的人问你,馆和店有什么区别?又或者问你馆和店这么叠在一起说明它除了喝茶还兼做茶叶铺子吗?你就会感受到吴方言有其累赘和无事生非的缺陷了,只好敷衍了事,说,其实就是茶馆!

我们街上那家茶馆店坐落在桥边,一座木结构的二层楼,远看会以为那是一幢普通的民居,楼栅上棕红色的油漆剥落多年,没上新漆,楼上的窗户是排窗,能开的都开着,不能开的都是窗销锈死了的。人从桥上过,视线与楼上窗子里的人头接触,看见那些脑袋多是花白的苍老的,有的背向你,有的是个侧影,一动不动,似乎懒得转动一下。你伏在桥栏上向下看,一眼能够看见老虎灶的水汽、灶火和堆得很高的砻糠,看见德明的奶奶苦着脸站在灶前,围着一个肮脏的围裙,将一壶一壶的开水透过一个铝水斗灌进一个热水瓶中，如果是夏天，德明的奶奶会突然叫一声，热煞哉！

这么人声沸腾的地方，只能是一家茶馆，令人遗憾的是茶馆里面所有的高音低音都来自老年男性，偶尔有个女性怨恨的声音响起来，也是一个老年的女性，是德明的奶奶在抗议茶客们私自把茶叶盒打开，花了一毛钱，却又给自己新沏了一杯茶。

孩子们如果去茶馆店，一定是家里人打发去买开水的，这样的孩子手里提着两个热水瓶走进茶馆店，把两分钱往灶台上一只瓷碗里一扔，德明的奶奶就过来了。德明的奶奶乐于为孩子灌开水，嘴里是不肯放过批评的机会的。你们家没有煤炉的？连开水都不肯烧！德明的奶奶撇着嘴，转向一楼几张桌子说，这小孩倒是很勤快的，他们家大人，哼，懒得出蛆！

没有孩子喜欢街上的茶馆店。我也不喜欢。但是我想起从前的某个冬天，缩着脖子走在上学的路上，北风像一个疯狂的医生盯着你的脸，这儿给你一针那儿给你一针，可走过茶馆店时，棉帘子里扑出来一股热气，让你忍不住地要在门口站一站。站一站就站出了思想的转变，我听着茶馆里传出几个评弹票友拿腔捏调地唱着什么弹词开篇，有人还在拨弄一把月琴，月琴也在业余地歌唱，隔着窗玻璃，看见的是一片温暖的热气，热气里老人们的脑袋若隐若现的。我突然发现做一个老头也是不错的，不用上学，再冷的天也不用怕，往热乎乎的茶馆店里一坐，喝茶，聊天，唱评弹，我认为这么着过冬是很快活的，这么着过了一生中所有的冬天就更快活了。

辑二
记忆

谈及女人当然一定要谈她们的衣着打扮。二十世纪七十年代美女们生不逢时,但我在此回忆的三个女人不甘心让自己的美丽沦落,她们处心积虑地打扮自己,在灰暗的沉闷的街道上她们是三块流动的风景。

自行车之歌

一条宽阔的缺乏风景的街道,除了偶尔经过的公共汽车、东风牌或解放牌卡车,小汽车非常罕见,繁忙的交通主要体现在自行车的两个轮子上。许多自行车轮子上的镀光已经剥落,露出锈迹,许多穿着灰色、蓝色和军绿色服装的人骑着自行车在街道两侧川流不息,这是一部西方电影对二十世纪七十年代北京的描述——多么笨拙却又准确的描述。所有人都知道,看到自行车的海洋就看到了中国。

电影镜头遗漏的细部描写现在由我来补充。那些自行车大多是黑色的,车型为二十六寸或者二十四寸,后者通常被称为女车,但女车其实也很男性化,造型与男车同样地显得憨厚而坚固。偶尔地会出现几辆红色和蓝色的跑车,它们的刹车线不是裸露垂直的钢丝,而是一种被化纤材料修饰过的交叉线,在自行车龙头前形成时髦的标识——就像如今中央电视台的台标。彩色自行车的主人往往是一些不同寻常的年轻人,家中或许有钱,或许有权。这样的自行车经过某些年轻人的面前时,有时会遇到刻意的阻拦。拦车人用意不一:

有的只是出于嫉妒，故意给你制造一点麻烦；有的年轻人则很离谱，他们胁迫主人下车，然后争先恐后地跨上去，借别人的车在街道上风光了一回。

我们现在要说的是普通的黑色的随处可见的自行车，它们主要由三个品牌组成：永久、凤凰和飞鸽。飞鸽是天津自行车厂的产品，在南方一带比较少见。我们那里的普通家庭所梦想的是一辆上海产的永久或者凤凰牌自行车；已经有一辆男车的人家毫不掩饰地告诉别人，还想搞一辆凤凰；已经有一辆男车的人家很贪心地找到在商场工作的亲戚，说，能不能再弄到一辆二十四寸的女车？然而在一个物质匮乏的时代，这样的要求就像你现在去向人家借钱炒股票，只能引起对方的反感。

有些刚刚得到自行车的愣头青在街上"飙"车，为的是炫耀他的车和车技。看到这些家伙风驰电掣般地掠过狭窄的街道，泼辣的妇女们会在后面骂：去充军啊！骑车的听不见，他们就像如今的赛车手在环形赛道上那样享受着高速的快乐。也有骑车骑得太慢的人，同样惹人侧目。我一直忘不了一个穿旧军装的骑车的中年男人，也许是因为过于爱惜他的新车，也许是车技不好，他骑车的姿势看上去很怪，歪着身子，头部几乎要趴在自行车龙头上，他大概想不到有好多人在看他骑车。不巧的是这个人总是在黄昏经过我们街道，孩子们都在街上无事生非，不知为什么那个人骑车的姿势引起了孩子们一致的反感，认为他骑车姿势像一只乌龟。有一天我们突然冲着他大叫起来：乌龟！乌龟！我记得他回过头向我们看了一眼，没有理睬我们。但是这样的态度并不能改变我们对这个骑车人莫名的厌恶。第二天我们等在街头，当他准时从我们的地盘经过时，昨天的声音更响亮更整齐地追逐着他：乌龟！乌龟！那个无辜的人终于愤怒了，我记得他跳下了车，双目怒睁向我们跑来，大家纷纷向自己家逃散。我当然也是逃，但我跑进自家大门时向他望了一眼，正好看见他突然站住，他也在回头张望，很明显他对倚在墙边的自行车放心不下。我忘不了他站在街中央时的犹豫，最后他转过身跑向他的自行车。这个可怜的男人，为了保卫自行车，他承受了一群孩子无端的侮辱。

我父亲的那辆自行车是六十年代出产的永久牌。从我记事到八十年代离家求学，我父亲一直骑着它早出晚归。星期天的早晨我总是能看见父亲在院子里用纱线擦拭他的自行车。现在我是以感恩的心情想起了那辆自行车，因为它曾经维系着我的生命。童年多病，许多早晨和黄昏我坐在父亲的自行车上来往于家和医院的路上。曾经有一次我父亲用自行车带着我骑了二十里路，去乡村寻找一个握有家传秘方的赤脚医生。我难以忘记这二十里路，大约十里是苏州城内的那种石子路、青石板路（那时候的水泥沥青路段只是在交通要道装扮市容），另外十里路就是乡村地带海浪般起伏的泥路了。我像一只小舢板一样在父亲身后颠簸，而我父亲就像一个熟悉水情的水手，他尽量让自行车的航行保持通畅。就像自信自己的车技一样，他对我坐车的能力表示了充分的信任，他说：没事，没事，你坐稳些，我们马上就到啦！

多少中国人对父亲的自行车怀有异样的亲情。多少孩子在星期天骑上父亲的自行车偷偷地出了门,去干什么?不干什么,就是去骑车!我记得我第一次骑车在苏州城漫游的经历。我去了市中心的小广场,小广场四周有三家电影院,一家商场。我在三家电影院的橱窗前看海报,同一部样板戏,画的都是女英雄柯湘,但有的柯湘是圆脸,有的柯湘却画成了个马脸,这让我很快对电影海报的制作水平做出了判断。然后我进商场去转了一圈,空荡荡的货架没有引起我的任何兴趣。等我从商场出来,突然感到十分恐慌,巨大的恐慌感恰好就是自行车给我带来的:我发现广场空地上早已成为一片自行车的海洋,起码有几千辆自行车摆放在一起,黑压压的一片,每辆自行车看上去都像我们家的那一辆。我记住了它摆放的位置,但车辆管理员总是在擅自搬动你的车,我拿着钥匙在自行车堆里走过来走过去,头脑中一片晕眩,我在惊慌中感受了当时中国自行车业的切肤之痛:设计雷同,不仅车的色泽和款式,甚至连车锁都是一模一样的!我找不到我的自行车了,我的钥匙能够捅进好多自行车的车锁眼里,但最后却不能把锁打开。车辆管理员在一边制止我盲目的行为,她一直在向我嚷嚷:是哪一辆,你看好了再开!可我恰恰失去了分辨能力,这不怪我,令人不可思议的事情总是发生在自行车上。我觉得许多半新不旧的"永久"自行车的坐垫和书包架上,都散发出我父亲和我自己身上的气息,怎能不让我感到迷惑?

自行车的故事总与找不到自行车有关,不怪车辆管理员们，只怪自行车太多了。相信许多与我遭遇相仿的孩子都在问他们的父母：自行车那么难买，为什么外面还有那么多的自行车？这个问题大概是容易解答的，只是答案与自行车无关。答案是：中国，人太多了。

到了七十年代末期，一种常州产的金狮牌自行车涌入了市场。人们评价说金狮自行车质量不如上海的永久和凤凰，但不管怎么说，新的自行车终于出现了。购买"金狮"还是需要购车券。打上"金狮一辆"记号的购车券同样也很难觅。我有个邻居，女儿的对象是自行车商场的，那份职业使所有的街坊邻居感兴趣，他们普遍羡慕那个姑娘的婚姻前景，并试探着打听未来女婿给未来岳父母带了什么礼物。那个将做岳父的也很坦率，当场从口袋里掏出一张盖着蓝印的纸券，说：没带什么，就是金狮一辆！

自行车高贵的岁月仍然在延续，不过应了一句革命格言：排除万难，去争取胜利。我们街上的许多人家后来品尝了自行车的胜利，至少拥有了一辆金狮，而我父亲在多年的公务员生涯中利用了一切能利用的关系，给我们家的院子推进了第三辆自行车——他不要"金狮"，主要是缘于对新产品天生的怀疑，他迷信"永久"和"凤凰"，情愿为此付出多倍的努力。

第三辆车是我父亲替我买的，那是一九八〇年我中学毕业的前夕，他们说你假如考不上大学，这车就给你上班用。但我考上了。我父母又说，车放在家里，等你大学毕业了，回家工作后再用。后来我大学毕业了，却没有回家乡工作。

于是我父母脸上流露出一种失望的表情,说:那就只好把车托运到南京去了,反正还是给你用。

一个闷热的初秋下午,我从南京西站的货仓里找到了从苏州托运来的那辆自行车。车子的三角杠都用布条细致地包缠着,是为了避免装卸工的野蛮装卸弄坏了车子。我摸了一下轮胎,轮胎鼓鼓的,托运之前一定刚刚打了气,这么周到而细致的事情一定是我父母合作的结晶。我骑上我的第一辆自行车离开了车站的货仓,初秋的阳光洒在南京的马路上,仍然热辣辣的,我的心也是热的,因为我知道从这一天起,生活将有所改变,我有了自行车,就像听到了奔向新生活的发令枪,我必须出发了。

那辆自行车我用了五年,是一辆黑色的二十六寸的凤凰牌自行车,与我父亲的那辆"永久"何其相似。自行车国度的父母,总是为他们的孩子挑选一辆结实耐用的自行车,他们以为它会陪伴孩子们的大半个人生。但现实既令人感伤又使人欣喜,五年以后我的自行车被一个偷车人骑走了。我几乎是怀着一种卸却负担的轻松心情,跑到自行车商店里,挑选了一辆当时流行的十速跑车,是蓝色的,是我孩提时代无法想象的一辆漂亮的威风凛凛的自行车。

这世界变化快——包括我们的自行车,我们的人生。许多年以后我仍然喜欢骑着自行车出门,我仍然喜欢打量年轻人的如同时装般新颖美丽的自行车,有时你能从车流中发现一辆老"永久"或者老"凤凰",就像一张老人的写满沧桑的脸,让你想起一些行将失传的自行车的故事。我曾经跟在这么一辆老"凤凰"后面骑了很长时间,车的主人是一个五十来岁的男人,他的身边是一个同样骑车的背书包的女孩,女孩骑的是一辆目前非常流行的捷安特,是橘红色的山地车,很明显那是父女俩。我也赶路,没有留心那父女俩一路上说了些什么,但我要告诉大家的是,两辆自行车在并驾齐驱的时候一定也在交谈,两辆自行车会说些什么呢?其实大家都能猜到,是一种非常简单的交流——

黑色的老"凤凰"说:你走慢一点,想想过去!

橘红色的"捷安特"却说:你走快一点,想想未来!

雨和瓦

二十年前的雨听起来与现在有所不同。雨点落在更早以前出产的青瓦上,室内的人便听见一种清脆的铃铛般的敲击声。毫不矫饰地说,青瓦上的雨声确实像音乐,只是隐身的乐手天生性情乖张喜怒无常,突然地它失去了耐心,雨声像鞭炮一样当空炸响。你怀疑如此狂暴的雨是否怀着满腔恶意,然后忽然地它又倦怠了,撒手不干了,于是我们只能听见郁积在屋檐上的雨水听凭惯性滴落在窗前门外,小心翼翼地,怀着一种负疚的感觉。这时候沉寂的街道开始苏醒,穿雨衣或打伞的人踩着雨的尾巴,走在回家的路上。有个什么声音在那里欢呼起来:雨停啦!回家啦!

智利诗人聂鲁达是个爱雨的人,他说:雨是一种敏感、恐怖的力量。他对雨的观察和总结让我感到惘然。是什么东西使雨敏感?又是什么东西使雨变得恐怖?我对这个无意义的问题充满了兴趣。请想象一场大雨将所有行人赶到了屋檐下,请想象人们来到室内,再大的雨点也不能淋湿你的衣服和文件,那么是什么替代我们去体会雨的敏感和恐怖呢?

二十年前我住在一座简陋的南方民居中，我不满意于房屋格局与材料的乏味，我对我家的房屋充满了一种不屑。但是有一年夏天我爬上河对面水泥厂的仓库屋顶，准备练习跳水的时候，我头一次注意到了我家屋顶上的那一片蓝黑色的小瓦，它们像鱼鳞那样整齐地排列着，显出一种出人意料的壮美。对于我来说那是一次奇特的记忆，奇特的还有那天的天气，一场暴雨突然来临，几个练习跳水的男孩干脆冒雨留在高高的仓库顶上，看着雨点急促地从天空中泻落，冲刷着对岸热腾腾的街道和房屋，冲刷着我们自己的身体。

　　那是我唯一一次在雨中看见我家的屋顶，暴雨落在青瓦上，溅出的不是水花，是一种灰白色的雾气。然后雨势变得小一些了，雾气就散了，那些瓦片露出了它简洁而流畅的线条。我注意到雨水与瓦的较量在一种高亢的节奏中进行，无法分辨谁是受伤害的一方。肉眼看见的现实是雨冲洗了瓦上的灰土，因此那些陈年的旧瓦突然焕发出崭新的神采，在接受了这场突如其来的雨水冲洗后，它们开始闪闪发亮，而屋檐上的瓦楞草也重新恢复了植物应有的绿色。我第一次仔细观察了雨水在屋顶上制作音乐的过程，并且有了一个新的发现：不是雨制造了音乐，是那些瓦对于雨水的反弹创造了音乐。

　　说起来是多么奇怪，我从此认为雨的声音就是瓦的声音，无疑这是一种非常唯心的认识，这种认识与自然知识已经失去了关联，只是与某个记忆有关。记忆赋予人的只是记忆。我记得我二十年前的家，除了上面说到的雨中的屋顶，还有我们家洞开的窗户，远远的，隔着茫茫的雨帘，我从窗内看见了母亲，她在家里，正伏在缝纫机上赶制我和我哥哥的衬衣。

现在我不记得那件衬衣的去向了，我母亲也早已去世多年。但是二十年前的一场暴雨使我对雨水情有独钟。假如有铺满青瓦的屋顶，我不认为雨是恐怖的事物；假如你母亲曾经在雨声中为你缝制新衬衣，我不认为你会有一颗孤独的心。

这就是我对于雨的认识。

这也是我对于瓦的认识。

河流的秘密

对于居住在河边的人们来说,河流是一个秘密。

河床每天感受着河水的重量,可它是被水覆盖的,河床一直蒙受着水的恩惠,它怎么能泄露河流的秘密?河里的鱼知道河水的质量,鱼的体质依赖于河流的水质,可是你知道鱼儿是多么忍辱负重的生灵,更何况鱼类生性沉默寡言,而且孤僻,它情愿吐出无用的水泡,却一直拒绝与河边的人们交谈。

河流的秘密始终是一个秘密。"亲爱的,我永远也不会对你讲/河水为什么这么缓慢地流淌。"这是西班牙诗人加西亚·洛尔迦的诗句。这是一个热爱河流的诗人卖关子的说法,其实谁又能知道河水流得如此缓慢,是出于疲惫还是出于焦虑,是顺从的姿态还是反抗的预兆,是因为河水昏昏欲睡还是因为河水运筹帷幄?

岸是河流的桎梏。岸对河流的霸权使它不屑于了解或洞悉河流的内心,岸对农田、运输码头、餐厅、房地产业、散步者表示了亲近和友好,对河流却铁面无情。很明显这是河与岸的核心关系。岸以为它是河流的管辖者和统治者，但河流并不这么想。居住在河边的人们都发现河流的内心是很复杂的，即使是清澈如镜的水，也有一个深不可测的大脑器官。河流的力量难以估计，它在夏季与秋季会适时地爆发一场革命，淹没傲慢的不可一世的河岸。这时候河与岸的关系发生了倒置，由于这种倒置关系，一切都乱套了。居住在河边的人们人心惶惶，他们使用一切可能使用的建筑材料来抵挡河水的登门造访。不怪他们慌张失态，他们习惯了做水的客人，从来没有欢迎河水来登堂做客的准备。河边的居民们在夏季带着仓皇之色谈论着水患，说洪水在一夜大雨之后夺门而入，哪些人家的家具已经浮在水中了，哪些街道上的汽车像船一样，在水中抛锚了。他们埋怨洪水破坏了他们的生活，他们没有意识到与水共眠或许该是他们正常生活的一部分。河水与人的关系被人确立，河水并没有发表意见，许多人便产生了种种误会。其实本着公平交易的原则，河流的行为是可以解释的。试想想，你如果经常去一个地方寻找欢乐，那么这地方的主人必将回访。回访是一种礼仪。水的性格和清贫决定了它所携带的礼物：水，仍然是水。

　　河流在洪水季节中获得了尊严，它每隔几年用漫溢流淌的姿势告诉人们，河流是不可轻侮的。然后洪水季节过去了。河边的居民们发现深秋的河流水位很高，雨水的大量注入使河水显示出新鲜和清澈的外貌，秋天的河流与岸边的树木做反向运动，树木在秋风中枯黄了，落叶了，而河流显得容光焕发、朝气蓬勃。如果你站在某座横跨河流的大桥上俯瞰秋天的流水，你会注意到水流的速度、水流的热情足以让你感到震撼：那是野马的奔腾；是走出囚室的思想者在旷野中的一次长篇演讲；那是河流对这个世界的一年一度的倾诉，它告诉河岸，水是自由的不可束缚的，你不可拦截不可筑坝，你必须让我奔腾而下。河流告诉岸上的人群：你们之中，没有人的信仰比水更坚定，没有人比水更幸运。河流的信仰是海洋，多么纯朴的信仰啊！海洋是可靠的，它广阔而深邃的怀抱是安全的，海洋接纳河流，不索香火金钱，不打造十字架，不许诺天堂，它说，你来吧。于是河流就去了。河流奔向大海的时候一路高唱水的国歌，是三个字的国歌，听上去响亮而虔诚：去海洋，去海洋！

　　谁能有柔软至极雄壮至极的文笔为河流谱写四季歌？我不能。你恐怕也不能。我一直喜欢阅读所有关于河流的诗文篇章，所有热爱河流关注河流的心灵都是湿润的，有时候那样的心灵像一盏渔灯，它无法照亮岸边黑暗的天空，但是那团光与水为友，让人敬重。谁能有锋利如篙的文笔直指河流的内心深处？我没有，恐怕你也没有，我说过河流的秘密不与人言说，赞美河流如何能消解河流与我们日益加剧的敌意和隔阂？一个热爱河流的人常常说他羡慕一条鱼，鱼属于河流，因此它能够来到河水深处，探访河流的心灵。可是谁能想到如今的鱼与河流的亲情日益淡薄，新闻媒体纷纷报道说河流中鱼类在急剧减少，所有水与鱼的事件都归结为污染，可"污染"两个字怎么能说出河流深处发生的革命，谁知道是鱼类背叛了河流，还是河流把鱼类逐出了家门？

现在我突然想起了童年时代居所的后窗。后窗面向河流——请容许我用河流这么庄重的词汇来命名南方多见的一条瘦小的河,这样的河往往处于城市外围或者边缘。有一个被地方志规定的名字却不为人熟悉,人们对于它的描述因袭了粗犷的不拘小节的传统:河,河边,河对岸。这样的河流终日梦想着与长江、黄河的相见,却因为路途遥远交通不便而抱恨终生,因此它看上去不仅瘦小而且忧郁。这样的河流经年累月地被治理,负担着过多的衔接城乡水运、水利疏导这样的指令性任务,河岸上堆积了人们快速生产发展的房屋、工厂、码头、垃圾站,这一切使河流有一种牢骚满腹自暴自弃的表情,当然这绝不是一种美好的表情——让我难忘的就是这种奇特的河水的表情。

从记事起,我从后窗看见的就是一条压抑的河流,一条被玷污了的河流,一条患了思乡病的河流。一个孩子如何判断一条河是否快乐并不难,他听它的声音,看它的流水,但是我从未听见河水奔流的波涛声,河水大多时候是静默的。只有在装运货物的驳船停泊在岸边时,它才发出轻微的类似呓语的喃喃之声。即使是孩子,也能轻易地判断那不是快乐的声音,那不是一条河在欢迎一条船,恰好相反,在孩子的猜测中,河水在说,快点走开,快点走开!在孩子的目光中,河水的流动比他对学习的态度更加懒惰更加消极,它怀有敌意,它在拒绝作为一条河的责任和道义。看一眼春天肮脏的河面你就知道了,河水对乱七八糟的漂浮物持有一种多么顽劣的坏孩子的态度:油污、蔬菜、塑料、死猫、避孕套，你们愿意在哪儿就在哪儿，我不管！孩子发现每天清晨石埠前都有漂浮的垃圾，河水没有把旧的垃圾送到下游去，却把新的垃圾推向河边的居民，河水在说，是你们的东西，还给你们，我不管！在我的记忆中河流的秘密曾经是不合道德的秘密。我记得在夏季河水相对洁净的季节里，我曾经和所有河边居民一样在河里洗澡、游泳，至今我还记得第一次在水底下睁开眼睛的情境。我看见了河水的内部，看见的是一片模糊的天空一样的大水，就像天空一样，与你仰望天空不同的是，水会冲击你的眼睛，让你的眼睛有一种刺痛的感觉。这是河流的立场之一，它偏爱鱼类的眼睛，却憎恨人的眼睛——人们喜欢说眼睛是心灵的窗户，河流憎恨的也许恰好是这扇窗户。

我很抱歉描述了这么一条河流来探索河流的心灵。事实上河流的心灵永远比你所能描述的丰富得多，深沉得多，就像我母亲所描述的同一条河流，也就是我们家后窗能看见的河流。那是一个多么神奇的故事：有一年冬天河水结了冰，我母亲急于赶到河对岸的工厂去，她赶时间，就冒失地把冰河当了渡桥。我母亲说她在冰上走了没几步就后悔了，冰层很脆很薄，她听见脚下发出的危险的碎冰声，她畏缩了，可是退回去更危险，于是我母亲一边祈求着河水一边向河对岸走。你猜怎么着，她顺利地过了河！对于我来说这是天方夜谭的故事，我不相信这个故事。我问我母亲她当时是怎么祈求河水的，她笑着说，能怎么祈求？我求河水，让我过去，让我过去，河水就让我过去了！

如果你在冬天来到南方，见到过南方冬天的河流，你会相信我母亲的故事吗？你也会像我一样，对此心怀疑窦。但是关于河流的故事也许偏偏与人的自以为是在较量，这个故事完全有可能是真实的。请想一想，对于同一条河流，我母亲做了多么神奇多么瑰丽的描述！

河水的心灵漂浮在水中，无论你编织出什么样的网，也无法打捞河水的心灵，这是关于河水最大的秘密。多少年来我一直难以忘记我老家一带流传的关于水鬼的故事，我一直相信那些湿漉漉的浑身发亮的水鬼掌握了河水的秘密，原因简单极了，那些溺死的不幸者最终与河水交换了灵魂。他们看见了河水的心灵，这就是水鬼们可以自由出入水中不会再次被溺的原因，他们拿到了一把钥匙，这把钥匙能够打开河流的秘密之门。

可是在传说之外我们从来没有与水鬼们邂逅过，不管是在深夜的河岸边，还是在沿河航行的船上。水鬼如果是人类的使者，那他们一定背叛了人类，忠实于水了，他们不再上岸是为了保持河流的秘密。水鬼已经被水同化，如今他们一定潜伏在河流深处，高昂着绿色的不屈的头颅，为他们的祖国发出了最后的呐喊：岸上的人们啊，你们去征服月球，去征服太空吧，但是请记住，水是不可征服的！

三棵树

很多年以前我喜欢在京沪铁路的路基下游荡，一列列火车准时在我的视线里出现，然后绝情地抛下我，向北方疾驰而去。午后一点钟左右，从上海开往三棵树的列车来了，我看着车窗下方的那块白色的旅程标志牌：上海—三棵树，我看着车窗里那些陌生的处于高速运行中的乘客，心中充满嫉妒和忧伤。然后去三棵树的火车消失在铁道的尽头。我开始想象三棵树的景色：是北方的一个小火车站，火车站前面有许多南方罕见的牲口，黑驴、白马、枣红色的大骡子，有一些围着白羊肚毛巾、脸色黝黑的北方农民蹲在地上，或坐在马车上，还有就是树了，三棵树，是挺立在原野上的三棵树。

三棵树很高很挺拔，我想象过树的绿色冠盖和褐色树干，却没有确定树的名字，所以我不知道三棵树是什么树。

树令我怅惘。我一生都在重复这种令人怅惘的生活方式：与树擦肩而过。我没有树。西双版纳的孩子有热带雨林，大兴安岭的伐木者的后代有红松和白桦，乡里的少年有乌桕和紫槐，我没有树。我从小到大在一条狭窄局促的街道上走来走去，从来没有爬树掏鸟蛋的经历。我没有树，这怪不了城市，城市是有树的，梧桐或者杨柳一排排整齐地站在人行道两侧，可我偏偏是在一条没有人行道的小街上长大——也怪不了这条没有行道树的小街，小街上许多人家有树，一棵黄桷、两棵桑树静静地长在他家的窗前院内，可我家偏偏没有院子，只有一个巴掌大的天井，巴掌大的天井仅供观天，不容一树，所以我没有树。

我种过树。我曾经移栽了一棵苦楝的树苗，是从附近的工厂里挖来的，我把它种在一只花盆里——不是我的错误，我知道树与花草不同，花入土，树入土，可我无法把树苗栽到地上——是我家地面的错误，天井、居室、后门石埠，不是水泥就是石板，它们欢迎我的鞋子、我的箱子、我的椅子，却拒绝接受一棵如此幼小的苦楝树苗。我只能把小树种在花盆里。那时我是一个小学生。我把一棵树带回了家。它在花盆里，但是我的树，因此成为我的牵挂，我把它安置在临河的石埠上。一棵五寸之树在我的身边成长，从春天到夏天，它没有长高，但却长出了一片片新的叶子，我知道它有多少叶子，没有一片叶子的成长能逃过我的眼睛。后来冬天来了，我感觉到树苗的不安一天天在加深，河边风大，它在风中颤嗦，就像一个哭泣的孩子。我以为它在向我请求着阳光和温暖，我把花盆移到了窗台上，那是我家在冬天唯一的阳光灿烂的地方。就像一次误杀亲子的戏剧性安排，紧接着我和我的树苗遭遇了一夜狂风。狂风大作的时候我在温暖的室内，在温暖的梦境中，可是我的树苗在窗台上，在凛冽的大风中，人们了解风对树的欺凌，却不会想到风是如何侮辱我的树苗的——它把我的树从窗台上抱起来，砸在河边石埠上，然后又把树苗从花盆里拖出来，推向河水里，将一只破碎的花盆和一抔泥土留在岸上，留给我。

这是我对树的记忆之一。一个冬天的早晨，我站在河边向河水深处张望，依稀看见我的树在水中挣扎，挣扎了一会儿，我的树开始下沉，我依稀看见它在河底寻找泥土，摇曳着，颤嗦着，最后它安静了。我悲伤地意识到我的树到家了，我的树没有了。我的树一直找不到土地，风就冷酷地把我的树带到了水中，或许是我的树与众不同，它只能在河水中生长。

我没有树。没有树是我的隐痛和缺憾。像许多人一样，成年以后我有过游历名山大川的经历。我见到过西双版纳绿得发黑的原始森林，我看见过兴安岭上被白雪覆盖的红松和榉树，我在湘西的国家森林公园里见到了无数以往只闻其名未见其形的珍奇树木。但那些树生长在每个人的旅途上，那不是我的树。

我的树在哪里？树不肯告诉我，我只能等待岁月来告诉我。

一九八八年对于我是一个值得纪念的年份，那年秋天我得到了自己的居所，是一栋年久失修的楼房的阁楼部分，我拿着钥匙去看房子的时候一眼就看见了楼前的两棵树，你猜是什么树？两棵果树，一棵是石榴，一棵是枇杷！秋天午后的阳光照耀着两棵树,照耀着我一生得到的最重要的礼物。伴随我多年的不安和惆怅烟消云散,这个秋天的午后,一切都有了答案,我也有了树,我一下子有了两棵树,奇妙的是,那是两棵果树!

果树对人怀着悲悯之心,石榴的表达很热烈,它的繁茂的枝叶和灿烂的花朵,以及它的重重叠叠的果实都在证明这份情怀;枇杷含蓄而深沉,它决不在意我的客人把它错当成一棵玉兰树,但它在初夏季节告诉你,它不开玉兰花,只奉献枇杷的果实。我接受了树的恩惠。现在我的窗前有了两棵树,一棵是石榴,一棵是枇杷。我感激那个种树的素昧谋面的前房东。有人告诉我两棵树的年龄,说是十五岁。我想起十五年前我的那棵种在花盆里的苦楝树苗的遭遇,我相信一切并非巧合,这是命运补偿给我的两棵树,两棵更大更美好的树。我是个郁郁寡欢的人,我对世界的关注总是忧虑多于热情,怀疑多于信任。我的父母曾经告诉过我,我有多么幸运,我不相信;朋友也对我说过,我有多么幸运,我不相信;现在两棵树告诉我,我最终是个幸运的人,我相信了。

我是个幸运的人。两棵树弥合了我与整个世界的裂痕。尤其是那棵石榴,春夏之季的早晨,我打开窗子,石榴的树叶和火红的花朵扑面而来,柔韧修长的树枝毫不掩饰它登堂入室的欲望。如果我一直向它打开窗子,不消三天,我相信那棵石榴会在我的床边、在我的书桌上驻扎下来,与我彻底长谈。热情似火的石榴呀,它会对我说,我是你的树,是你的树!

树把鸟也带来了，鸟在我的窗台上留下了灰白色的粪便。树上的果子把过路的孩子引来了，孩子们爬到树上摘果子，树叶便沙沙地响起来，我及时地出现在窗边，喝令孩子们离开我的树，孩子们吵吵嚷嚷地离开了，地上留下了幼小的没有成熟的石榴。我看见石榴树整理着它的枝条和叶子，若无其事，树的表情提醒我那不是一次伤害，而是一次意外，树的表情提醒我树的奉献是无边无际的，我不仅是你的树，也是过路的孩子的树！

整整七年，我在一座旧楼的阁楼上与树同眠，我与两棵树的相互注视渐渐变成单方面的凝视，是两棵树对我的凝视。我有了树，便悄悄地忽略了树。树的胸怀永远是宽容和悲悯，树不作任何背叛的决定，在长达七年的凝视下两棵树摸清了我的所有底细，包括我的隐私，但树不说，别人便不知道。树只是凝视着我，七年的时光做一次补偿是足够的了。两棵树有点疲惫，我没有看出来，窗外的两棵树后来有点疲惫了，一场春雨轻易地把满树石榴花打落在地，我出门回家踩在石榴的花瓣上，对石榴的离情别意毫无察觉。我不知道，我的两棵树将结束它们的这次使命，七年过后，两棵树仍将离我而去。

城市建设的蓝图埋葬了许多人过去的居所，也埋葬了许多人的树。一九九五年的夏天，推土机将一个名叫上乘庵的地方夷为平地，我的阁楼，我的石榴树和我的枇杷树消失在残垣瓦砾之中。拆房的工人本来可以保留我的两棵树，至少保留一些日子，但我不能如此要求他们，我最终知道两棵树必将消失。七年一梦,那棵石榴,那棵枇杷,它们原来并不是我的树。

  现在我的窗前没有树。我仍然没有树。树让我迷惑,我的树到底在哪里?我有过一棵石榴,一棵枇杷,我一直觉得我应该有三棵树,就像多年以前我心目中最遥远的火车站的名字,是三棵树,那还有一棵在哪里呢?我问我自己,然后我听见了回应,回应来自童年旧居旁的河水,我听见多年以前被狂风带走的苦楝树苗向我挥手示意,我在这里,我在水里!

飞 沙

安德烈·纪德的《人间食粮》用热烈、华丽、自我满足的词汇记录了他的北非之行。美丽的风景和美丽的少年都是这个法国人追逐的对象。棕榈树下的牧羊人、无人照料的阿拉伯花园、灰红色巨石上的蜂巢,以及绿洲中清凉的水井——对异国风情无所保留的赞美后面跳动着一颗赤子之心,苍白多病的纪德在北非的阳光下情欲满腔,爱意无限,遍体发散出金黄色的光芒。

然后他写到了沙漠。

"第二天,我的心里充满了对沙漠的爱。"第二天属于沙漠。穿白袍的阿拉伯美少年开始退场,沙漠出现了,纪德瞪大了眼睛,很明显是沙漠使他变得庄严而神圣起来,他惊呼道:"我的灵魂啊,你在沙漠上看见了什么?"

你在沙漠上看见了什么?

黄沙漫漫的沙漠。海浪般的流沙,不断移动的沙丘。爬上一座沙丘,想极目远眺地平线,看见的却是另一座沙丘。黄沙漫漫的沙漠。生命灭绝,只有风和热浪颤动。沙子在阴影下异常柔软,傍晚火烫,早晨则像冷灰。骑马穿过沙漠峡谷,马蹄立刻被沙子掩埋——这是纪德看见的沙漠,其实也是所有的沙漠旅行者对于沙漠的记忆,所有人的足迹都被沙子掩埋了。

可是对于沙漠的记忆在成长,那是旅行者们一生中唯一的金黄色记忆。

撒哈拉沙漠使我想起了塔克拉玛干沙漠。我想起了此生唯一的一次沙漠旅行。我们沿着新建的沙漠公路穿越塔克拉玛干沙漠。从北疆到南疆的和田去。漫漫黄沙。沙丘连着沙丘。热风热浪。无论我如何别出心裁,对沙漠的描述也难以区别纪德的描述,除了红柳和梭梭柴。我不知道那两种植物是否是塔克拉玛干沙漠特有的,但正是那两种生于沙长于沙的植物提醒我,沙漠里生命并未灭绝,正如海洋中有鱼,沙漠中有草,这是公平的。如果说沙漠荒凉,我觉得这种荒凉还留着余地;如果说沙漠奇异,奇异的不是沙漠,是人们在沙漠中的旅行。

奇异的是这些穿越沙漠的旅行者,他们不是丝绸之路上的商队,不是牵着骆驼寻找绿洲的游牧部落,这些人来自远离沙漠的沿海地带,他们穿越沙漠,只是为了看一看沙漠。

你在沙漠上看见了什么?

沙漠商队早已经消失在地平线的尽头。那些在沙漠中跋涉的骆驼和商人都不见了。就像海市蜃楼在沙漠中稍纵即逝,沙漠商队也消失了。"有些商队向东方行走,去寻找檀香、珍珠、巴格达蜜糕、象牙和刺绣品。有些商队向南行走,去寻找玛瑙、麝香、金粉和鸵鸟羽毛。有的商队向西行走,黄昏时分上路,消失在炫目的夕阳中。"那些商队最终找到他们的东西,所以他们从沙漠中消失了,一点也不顾沙漠对人的相思之苦。

  沙漠对人的思念和牵挂是确凿无疑的。我想起在沙漠中的那些日子,风吹流沙,沙子都乘风而来,跑到公路上,在路面上组成一圈圈波浪形沙环,就是这些沙之花环,引导着汽车行驶的方向。风吹流沙,沙子拍打着车窗,轻柔的动作毫无敌意,如果不是一种欢迎的仪式,那又是什么呢?隔着车窗望沙漠,沙漠令人疲倦,旅行者们在一种黄色的反光中昏昏欲睡,然后司机例行的停车时间到了,旅行者们跳下车,很快发现包围他们的不是荒凉,是那些热情好客的充满善意的沙子。沙子匍匐在男人的旅游鞋和女人的高跟鞋上,那么柔软温情,充满爱意。你若洞悉沙子对人的相思之情,试着捧起一把沙子,便会感觉到沙子的热量与你的体温相仿,沙子之轻盈和幼小则让你感到意外,浩瀚的黄尘滚滚的沙漠,幼小的多情的沙子,它们互为因果,多么奇妙的组合!

  在沙漠中手捧一把沙子,我想起多情的纪德对沙子的提问,他问道:"沙子,你还记得什么生命吗?还记得你是什么样的爱情分解出来的吗?"

  可让沙子如何回答这艰深的问题?沙子的苦恼在于它无法申辩,为生命,为爱情。沙子是什么样的爱情分解出来的?也许是海水和地壳青春期相爱的分泌物,也许不是,沙子不会记得这些陈年往事，沙子只记得自己的爱情。它们爱过每一个旅行者，可旅行者们一去不返，让沙子举证它的爱情，沙子束手无策，人证在遥远的地方见异思迁，而物证对沙漠是多么的不利。那些不知是何年何月留下的白骨证明的是死亡，不管是骆驼还是商贾牧人，他们如今保持着沉默，他们不能说明沙漠是用干旱燥热杀害了他们，还是用多情的怀抱收留了他们。沙漠很苦恼，于是它在夜晚发出哀伤的叹息。那天夜里我和旅伴们在沙漠腹地的油田指挥部投宿，清晰地听见窗外的流沙响彻夜空，流沙声使沙漠的夜晚显得湿润而哀伤，也让人难以入眠。我来到窗边，看见月光洗涤着远处近处的沙丘，沙丘静止不动，在我看来这种肃穆端庄的姿态难掩其重重心事。沙漠的心事是被遗弃者的心事，也是相思者的心事，而夜晚的流沙声是它对旅行者发出的叹息。

我该如何证明沙漠对旅行者的爱恋呢？

以我裤子口袋里的那把黄沙？我在和田的玉器铺里准备购买纪念品，在裤子口袋里意外地摸到了那把黄沙，是一大把黄沙。那时候我们告别塔克拉玛干沙漠足有两天了，那把黄沙却还一直躲在我的裤子口袋里，不肯离去！我以背包里的那把黄沙证明沙漠的这份感情？我是在回到南京的一个星期后发现那些沙子的，我要出门，找出那只背包，又发现了一把黄沙！我不知道这把黄沙是什么时候钻进我的背包的，这也许是世界上最为痴情的一把黄沙，它竟然跟着我千里迢迢地回了家！但是我不想用两把黄沙证明一份博大的爱意，我必须向每一个人陈述我在今年五月的一次遭遇——一个令人永生难忘的五月的下午,我看见南京的天空突然变得浑黄一片,狂风骤起,没有任何电话和信件的通知,漫天黄沙奔涌到我的窗前,沙沙地拍打我的窗子,那是一种狂喜的老友重逢的手势,是一种亢奋的梦想成真的欢呼。我看见了一次壮观的奇迹,是一片野马般奔腾的沙漠,凭借着几千年的相思之情来到城市,探望那些离开沙漠一去不回的旅行者。我的狂喜回应了这份旷世奇情,而且在黄沙飞旋的时候我听见了沙漠热情洋溢的声音,旅行者啊,我们来看望你们了!

五月的这个下午,气象学家是这么记载的:沙尘暴袭击本市。但许多去过沙漠的人作出了另外一种记录:沙漠探亲,下午五点到达本人窗前。是飞沙。从沙漠飞来的使团。只有沙漠的朋友能辨别出空气中沙漠的气味。

居住在蓝色海岸边的安德烈·纪德触摸过沙漠的灵魂,他说,沙粒也希望人赞美它。然后他心有灵犀地想起了《圣经》中的扫罗,他说,扫罗,你在沙漠里寻找母驴,没有找到,却得到了你无意寻求的王位。

沙漠中没有母驴,却藏着秘密的王位。旅行者怎么能理解如此玄妙的故事?也许应该去问问扫罗,遗憾的是扫罗也已经被历史的飞沙掩埋在沙漠深处了。

露天电影

　　直到现在我的记忆中还经常出现打谷场上的那块银幕。一块白色的四周镶着紫红色边的银幕，用两根竹竿草草地固定着，灯光已经提前打在上面，使乡村寂寞漆黑的夜生活中出现了一个明亮欢快的窗口。如果你当时还匆匆行进在通往打谷场的田间小路上，如果你从城里赶过来，如果新闻简报已经开始，赶夜路的人的脚步会变得焦灼而恐慌。打谷场上发亮的银幕对于他们好像是天堂的一扇窗，它打开了，一个原先是空虚的无所事事的夜晚便被彻底地充实了。

　　农用拖拉机、打谷机和一堆堆草垛被人湮没了。附近乡村的农民大多坐在前排，他们从家里搬来了长凳和小板凳，这样的夜晚他们很难得地成为了特权阶层。更多的是一些像我们这样来历不明的孩子和青年人，他们在人群里站着，或者在一片骂声中挤到前排，在一个本来就拥挤的空间里席地而坐，对来自身边的推搡和埋怨置之不理。银幕的反面也有人坐着，那些人显得孤傲一些，为了不与他人拥挤和争吵，情愿欣赏一部"左撇子"电影。电影开始了，打谷场上的嘈杂声渐渐地消失，人们熟悉的李向阳挎着盒子枪来了，梳直发的让年轻姑娘群起效仿的女游击队党代表柯湘来了，油头粉面的叛徒王连举来了，阴险狡诈的日本鬼子松井大队长也来了，孩子们在他们出场之前就报道了他们的消息，大人让他们的孩子闭嘴，实际上这是一次人群与电影人物老友重逢的欢聚。打谷场上的人们凭借经验等待着那些朋友的到访，不管是英雄还是坏人，他们一视同仁，热情地报出你的名字。如果正是冬季，西北风会搞些恶作剧，那些出现在电影里的人，男的，女的，他们的嘴脸都随风歪斜着，不仅是坏人，好人或者英雄也被讨厌的大风吹歪了嘴脸。我记得在一个大风之夜，美丽的女英雄柯湘始终歪着嘴巴高唱着《乱云飞》。

打谷场上的欢乐随着银幕上出现一个"完"字而收场，然后是一片混乱。有的妇女这时候突然发现自己的孩子不见了，于是尖声叫喊着孩子的名字，也有血气方刚的小伙子突然扭打在一起，引得众人纷纷躲避，一问原因，说是在刚才看电影时结了怨，谁的脑袋挡着谁的眼睛，谁也不肯让一让，这会儿是秋后算账了。我那会儿年龄还小，跟着邻居家的大孩子来到一个个陌生的打谷场，等到电影散场时却总是找不到他们的人影了，因此关于露天电影的记忆也少不了那些令人恐惧的夜路。

我记得那些独自回家的夜晚，随着人流向田间小路走，渐渐地同行的人都折向了其他的村庄，只有我一个人走在漆黑的环城公路上。乡间的空气与工厂区完全是两种气息，干草的清香和农家肥的气味混杂在一起，扑进你的鼻孔。露天电影已经离你远去，这时候你才意识到回家的路是那么漫长，不安分的孩子开始为一部看过多次的电影付出了代价。代价是五里甚至十里夜路。没有灯光，只有萤火虫在田野深处盲目地飞行着，留下一些无用的光线。有几次我独自经过了郊外最大的坟地，亲眼看到了人们所说的鬼火（现在才知道是骨殖中磷的元素在搞鬼），而坟地特有的杂树乱草加深了我的恐惧。我摆脱恐惧的方法就是不向恐惧的事物张望，我向公路的另一边侧着脸，侧着脸狂奔，听见风呼呼地划过我的脸颊；所见坟地向身后渐渐地退去。当城郊接合部稠密的房屋像山岭一样出现在我的视线里时，我觉得那些有灯光的窗口就像打谷场上的银幕，成为我新的依靠。我急切地奔向我家的窗口，就像两个小时以前奔向打谷场的那块银幕一样。

金鱼热

一个东南亚的国王到我们那个城市去游览了三天，走的时候带走了一缸金鱼中的极品，这是二十世纪七十年代的事。我在街头听人议论这个国王，还有那些金鱼。我没有记住那些金鱼的名称，但是我记得很清楚的是，赠送金鱼给国王的是一个普通的农民，有人认识他，说他人很笨，就是养鱼养出了名堂。大家议论的不仅是国王和金鱼，还有那个市民的光荣。

金鱼热随后悄悄地在我们城市兴起。

我突然发现城市里有那么多人养金鱼，我却一条也没有，这使我闷闷不乐。那是一个容易失去却难以拥有的年代，没有地方出售金鱼，就像没有地方出售鲜花一样。我总是在一个邻居家的鱼池边用攫取的目光亲近那些美丽的鱼类，无法拥有渴望的东西是孩子们最大的心事，连我的家人也渐渐知道了我心事。我姐姐一定不止一次地告诉别人：我弟弟一直想要几条金鱼！我母亲则告诉她工厂的同事：我儿子想要金鱼想疯了！

我头一次得到金鱼的狂喜只持续了短短的五天。是我姐姐带回了那四条品相优美的五彩珍珠。我记得那四条金鱼红色脊背上洒满白色的斑点，有邻居孩子告诉我，五彩珍珠是很好的品种。我记得那四条红色的脊背上洒满银色斑点的金鱼，记得这些金鱼带给我的五天的喜悦。那五天里我出没在养鱼人出没的水塘和护城河边，我拼命打捞鱼虫，为金鱼囤积食粮，我不知道我的金鱼饱食过度濒临死亡的边缘。

我一直记得我拥有"五彩珍珠"的准确时间，是短短的五天。第五天下午我放学回家，看见的是四条翻了肚子的金鱼。我至今羞于提及我当时的表现，在一场惊天动地的痛哭声中，我忘了追寻金鱼的死因。我从未见过死去的金鱼，死去的金鱼是如此丑陋，从美丽到丑陋，仿佛是一个狡诈的骗局。我觉得自己受到了嘲弄，不仅失去，同时也受到了伤害。我的痛苦一定使我父母感到震惊了，我记得我母亲一反平时不许诺的习惯，告诉我一定帮我找到新的金鱼。

后来我母亲就把那条歪尾巴的小金鱼带回了家，它当时混在几条稍大的被人们称为"丹玉"的金鱼中，显得那么卑琐而低贱。所有的金鱼都还没有变色，而"歪尾巴"只有半指大小，黑乎乎的，甚至看不出它是什么品种。它太特殊了，尤其是那条歪尾巴，它与金鱼之美背道而驰，我以一种嫌厌的心情给它取了这个名字：歪尾巴。

我的养鱼生涯到了后来是三心二意的，不是因为金鱼不再可爱，而是因为随着青春期的到来，我有了其他更大的心事。金鱼热在城市里渐渐退潮，我的那批"丹玉"在几个月中纷纷离我而去。可是我注意到"歪尾巴"的生命力，它在我的鱼缸里越来越显示出一种主人翁的姿态，在孤独和饥饿中成长着，身子悄然泛出了红色，而它额头上方越长越大的眼睛正用矜持的态度告诉我，我不是歪尾巴，我是一条"朝天龙"！

我要说的就是这条歪尾巴的"朝天龙"。在所有美丽的金鱼逃离我的鱼缸后，在我对金鱼渐渐地失去兴趣之后，它一直伴随了我四年时光。四年之后我已经远离家乡，在北京的学府里寒窗苦读，那些日子里我从来没有想过我的歪尾巴金鱼。有一天我收到我姐姐的来信，信中提到了我的最后一条金鱼，说歪尾巴死了。她总结的歪尾巴的死因是一把梳子，她梳头时不小心将梳子掉进了鱼缸，梳子与金鱼一起待了一会儿，梳子没事，金鱼却死了。

我承认是歪尾巴金鱼的死让我重新回顾了我短暂的养鱼生涯。我最终对这些小生命充满了歉意，一切都是命定的，就像我对金鱼的饲养注定不能修得正果，我不能将极品金鱼奉献给任何国王，我的歪尾巴金鱼甚至不能奉献给我自己。这是一条世界上最倔强的金鱼，它最终背叛了应该背叛的人，将自己奉献给了一把梳子。

女儿红

　　她们三个人之所以给我留下如此深刻的记忆，只因为她们是另类——当然二十多年前大家不用这种词汇。在我生活的保守而世故的街道上，人们怀着暧昧的心情将她们称之为骚女人（注意，此处的"骚"主要是指风骚，或者是风情万种的意思，男人们发这个音时有一种莫名其妙的喜悦，女人们则大多是咬牙切齿）。

　　是什么样的"骚"女人呢？她们容貌出众，这是不言而喻的。按照三个人的外表特征，暂且把他们分为古典派、西洋派和上海派。需要解释的是那个上海派，她是上海人，听说来自上海的某条弄堂，举手投足自有一种大都市美女特有的懒散。这种懒散在一个平庸的女人身上是令人讨厌的毛病，在她身上却构成了奇妙的风韵。上海派嫁了一个荷兰华侨，华侨丈夫在附近的水泥厂工作，她就只能出污泥而不染，每天面对小城小街一惊一乍的世俗生活。这个女人上街买菜用的是一只蓝白相间的藤编挎包，里面经常没有任何蔬菜，只有水果。常有好事的邻居上前研究她的包，说：什么菜都没买呀？今天吃什么？上海派说：无所谓，蔬菜不新鲜，今天就不吃饭，吃水果！

谈及女人当然一定要谈她们的衣着打扮。二十世纪七十年代美女们生不逢时，但我在此回忆的三个女人不甘心让自己的美丽沦落，她们处心积虑地打扮自己，在灰暗的沉闷的街道上她们是三块流动的风景。别人穿工装和军装的时候她们穿着高领毛衣和白色的喇叭裤；当高领和喇叭裤在所有年轻人中间流行起来时，她们穿出了旗袍和呢料的裙子；当别的女人清一色地短发齐耳时，她们的头发被烫成种种波浪的形状；当其他人开始热衷于烫发，女子理发店宾客盈门时，她们的头发变成了自然清新的"清汤挂面"。就是这样，这三个女人几乎是残酷地剥夺了其他小家碧玉们在服饰发型上的想象力。她们很倨傲，她们很团结，她们偶尔地会在街头碰面，拍拍打打着，说些悄悄话，但她们不像美丽的孔雀，从来不在众人面前竞相开屏。这也因为三个人的生活际遇不同：上海派和西洋派已婚，而古典派比那两位年轻多了，当时正待字闺中。

西洋派的故事现在想起来就像一部法国电影，既浪漫、感伤而又不乏深度。西洋派顾名思义，能想象出她的容貌，她在我们街上土生土长，不知为什么看上去却像一个意大利美女。三个女人中她性格是最粗放的，嘴里经常冒出一些脏话，让崇拜她的少年们感到又兴奋又有点紧张。她的传奇在于她的爱情故事，在于她的身后一个瘦削的脸色苍白的男人的脸。当夏日的午后西洋派穿着睡裙在她家门口百无聊赖地观望街景时,那双情感泛滥的眼睛使过路的异性产生一种幸福的错觉。但有个男人会在她身后幽暗的夹弄里出现,搔首弄姿的女人守望着街道,沉默寡言的男人守望着他的妻子,这是我一直无法忘怀的一种爱情画面。我们街上的人都知道,西洋派还是个少女时生活作风就有大问题——就是现在所说的问题少女。她经常被喊到派出所去,当时审问她的是一个年轻的户籍警,没想到年轻的户籍警堕入情网,从此一直追随着他的审问对象。你大概已经猜到了,这个年轻的户籍警就是西洋派的丈夫,就是那个男人。当然你要是从那个年代过来,就知道一个贪图美色的人必将受到他人的制约。据我们所知,西洋派的丈夫为了这场爱情不再遭人白眼,最终离开了令人羡慕的公安队伍,这男人脸色如此苍白,苍白得是有道理的。

最终还是要说到古典派,而她的故事是我最不愿提及的。我当年上学时天天走过古典派家的门口,常常看到她。若说这女孩是闭月羞花之貌一点也不过分,她怕羞,似乎一直在为自己的美丽而感到不知所措,因此走路的时候都低垂着头,说她古典其实就是指那种内敛的风情。何况她在家里还很孝顺,她的从前开肉店的父亲说女儿出去会朋友之前总是先把晚饭做好了放在桌上。朋友是谁?是个退役将军的儿子。人们私下传说古典派和将军的儿子在搞"腐化"(这么评价男女关系是当时人们的习惯,并不带有很深的恶意)。"腐化"是有后果的,后果就是一些妇女互相咬耳朵说的事:"肉店家的女儿有喜了!"这样的传说使年轻男性追逐古典派的目光越发地狂热，也越发地失落。但谁能想到这个怕羞的女孩在郊区的一片竹林里会向男友逼婚，并且打了他三个巴掌！后来有人说三个巴掌害了女儿家的卿卿性命，这是自作聪明的说法。将军之子，五大三粗的小伙子，应该可以承受一个女孩的巴掌，但他坚持认为女孩怀了孕他们也可以分手，是这观点让古典派气得疯狂，她要打他耳光，他就扼住她的脖子——这是古典派不幸的爱情，她在一个冬夜被男友扼死在郊区的竹林里，竹林不远处是她男友的工厂。消息灵通人士私下传说，那天夜里他们还做爱了（虽说是法医的鉴定，这鉴定仍然显得无耻）。

　　人的命运包括美丽的命运就这样南辕北辙，我在多年以后的一个下午写下这篇文章，纪念的是一些我自己都不能分辨的零落的记忆。我没有再见过那三个女人，但是我现在仍然记得二十多年前的一个下午，我去街上的杂货店买东西，看见古典派倚在柜台上和女营业员聊天。那大概是她活着的最后一个秋天，她把几张彩色照片拿给女营业员看，那是刚刚移居香港的上海派给她寄来的照片。我偷偷地瞟了一眼，看见照片上的上海派靠在一棵树上，仍然是那么懒散地微笑着，周围好像是一片花园，因为照片是当时罕见的彩色胶卷，格外地鲜艳夺目。我还记得古典派在柜台上的感叹，她说：香港，多好啊！你看她，看上去多漂亮啊！

女裁缝

这个女裁缝有点奇怪,她是专业上门为别人做衣服的,主业是做传统的中式棉袄、棉袄罩衫,副业兼做老人的寿衣。我母亲曾把她请到我家做衣服,做我父亲的中式驼绒棉袄,也做我外婆的寿衣。女裁缝当时六十多岁,头发已经斑白,梳一个油亮亮的一丝不苟的发髻,穿一种我们称之为大襟衣裳的黑袄,胸襟上别着一朵白兰花。她每天早晨挎着一只篮子来工作,我父亲卸了一扇房门做她的工作台。她坐在那里一针一线地缝纫,戴一副老花眼镜,微微张开嘴,似乎配合穿针引线的节奏。我注意到她的门牙是空的,怪不得她说话时漏风,听上去特别响亮却又特别容易引起歧义。她不是那种饶舌的老妇人,尤其工作时候很少说话,但她喜欢哼一哼小曲什么的。这个女裁缝自恃手艺高超,对伙食的要求也很高,天天要求有肉吃,这样的要求倒是成全我的口福,她在我们家干活的那几天,我也跟着吃了好几天的红烧肉。有一次我注意到她垫在篮子底部的一本发黄的画报,抽出来一看,竟然是一本二十世纪三十年代的电影画报,上面有许多陌生的矫揉造作的女明星。这本画报一看就是稀罕物，我向她索要，她把画报拿过来抖了几下，没有抖出什么有用的东西，便很大度地说：拿去好了。

虽然那个女裁缝给我留下了意外的礼物，我母亲对她却没有好感，因为最后结算工钱的时候，算出一个五角钱来，女裁缝坚决不肯放弃那五角钱，让人觉得她冷酷而不近人情。

女裁缝家在昆山，不知为什么会跑到我们那里去，在什么地方租了一间房子。她经常出现在我们那条街道上，有几次我上学时看见她像个孩子似的端坐在化工厂门口，让另一个老妇人为她梳头，梳那个毫无必要的一丝不苟的髻子。她的篮子就放在长凳下面，里面是一个针线盒，一把剪刀，一把尺子，估计那是她没有针线可做的空闲的日子。

第二年女裁缝租了我们一个邻居的房子，这样也就成为了我们的邻居。每年寒暑假的时候，会有两个操昆山话的小孩来到那间出租屋里，也不跟街上的孩子玩，姐姐和弟弟关在屋里又打又闹。一个面目清癯文质彬彬的老人手拿一张报纸，看管着两个孩子，据说两个孩子是女裁缝的孙子孙女，老头是她的丈夫。女裁缝的生活因此引起我们广泛的兴趣，这把年纪的老人，老夫老妻天各一方的，是什么意思呢？有人这么去问女裁缝，女裁缝挥挥手说，烦死人了，我不要跟他们一起过，过两天我就把他们全赶走！

事实上我们不知道女裁缝对亲人们的厌倦是否真切，但假期一过，女裁缝的丈夫和孙子孙女便回了昆山，剩下这个女裁缝挎着篮子又开始在我们街上游荡。也许是因为年龄偏大老眼昏花的关系，不知从哪一年开始，也不知是哪个精明的主妇发现了，女裁缝的缝纫手艺严重退化，她做的棉袄袖子会一长一短，便有妇女在她身后议论说，做的什么活，以后再也不请她了！

后来好像是没有什么人请女裁缝去家里做活了，女裁缝的身体也大不如从前，有一次我看见她出门去老虎灶打开水，步履蹒跚，一副风烛残年的样子。而且她的脑门上还一左一右地贴着两张红纸膏药，她打量我们街道行人的表情充满厌恶感，殊不知她自己那副模样看上去也令我们厌恶。

那年春节前夕，昆山来了人，是一个戴眼镜的中年男人和一个女干部模样的中年女人，原来是女裁缝的儿子媳妇。他们绷着个脸，把病歪歪的女裁缝和一个大蓝印花包裹塞到了一辆黄鱼车上，然后女裁缝就离开了我们那条街道，向火车站方向去了。我们看见女裁缝整个脸包在一块围巾里，只露出一双眼睛，那双眼睛不知为什么充满了愤恨，那样的眼神不知是针对她的儿子媳妇还是针对我们这些围观者的，她甚至不向人们道声再见。

人去屋空，小孩子们好奇地闯进女裁缝租住的屋子一看，看见阴暗潮湿的屋里垃圾成堆，毛主席的画像被烟气熏成了黄黑色，床底下则是满地的新近烧过的纸钱，眼尖的孩子在墙角处发现了一只紫铜香炉，发现了蜡烛台，还有两截市面上少见的红色蜡烛，你能猜到这个古怪的老妇人昨天干了什么，她在烧香，她在拜佛，她在大搞封建迷信呢！面对这样的"现场"孩子们群情激愤，都觉得这是一件非常严重的事情，批斗她是可以的，拿她游街也未尝不可，只可惜女裁缝走运，她逃之夭夭了。

关于这个女裁缝的身世，我一直觉得有什么故事可挖，这个老妇人最后的眼神令我浮想联翩。仇恨是神秘的。有一次我曾经向母亲问起过女裁缝的事情，我母亲说，她的嘴紧，从来不说自己家的事情。但是我母亲又肯定地说，他们工厂有个昆山人认识那个女裁缝，她以前是庵堂里的尼姑！

我至今不能相信，在循规蹈矩的七十年代，在我所见过的特立独行的人中间，竟然有这么个苍老的女裁缝。说起来也怪，每当那个女裁缝的面容出现在记忆中，我总是想到二十年前暮色中的街道，有个挎篮子的老妇人在遍地夕照中独自回家，而且我总是毫无来由地想起毛主席诗词中的两句：苍山如海，残阳如血。

女人和声音

屈指数来，我在苏州完整的生活也只有十八年。我生长在一条市井气息浓郁的街道上，我们那条街上没有什么深宅大院，因此也不了解苏州的大家闺秀。小家碧玉是有一些的，但那种女孩子羞答答的，平时把闺房门一关，她整天在干些什么，只有天知道。所以如果让我来谈苏州的女人，我有信心描述的其实是一些市井女人，而且我一直固执地认为此地女人与彼地女人，造成她们之间主要差异的，其实只是语言和声音。也许对不起一些严格的读者了，我就从声音说起，说三个苏州女人的声音的故事。

第一个女人，她的声音与苏州著名的评弹艺术有关——

如果你走在街上遇见敏儿他妈，你不会猜到她是个说评弹的女艺人，但是如果有人告诉你，严某某，就是那个围白丝巾的女人，她以前是评弹团的演员，你会说，这就对了，她一定是说评弹的——怎么去分辨一个人是否说评弹的呢？我也说不清楚，大致是：声音清脆，而且拖着一丝歌唱性的韵脚，眼睛也会说话，更重要的是这些艺人会用眼睛微笑。

我印象中这个姓严的女人非常喜欢阳光，主要表现在她对晒被子、晒毛衣、晒萝卜干甚至晒拖鞋的极度热衷上。她如此珍惜阳光，而她丈夫却天天浪费阳光，他常常端着一只茶杯坐在家门口与别人下棋。敏儿他妈就拿着藤拍子从丈夫的身边穿过来绕过去的，她的婆婆也坐在门口，不是下棋，也不看棋，她漠然地看着媳妇忙碌，有时候整理一下盖在膝盖上的一块毯子。看上去老妇人觉得媳妇如此忙碌是天经地义的，她的眼神在说：我忙了一辈子啦，现在轮到你啦。媳妇也任劳任怨，我记得她在阳光下上下左右地用力拍打晾竿上的棉被，用她特有的歌唱般的声音对邻居们说：天气好得来，被子要晒晒！

说评弹的女人有两个儿子，一个在苏北农场插队，逢年过节才回来，长得像母亲，很英俊的，可是不知为什么看上去脸色苍白，神情总是郁郁寡欢的。小儿子就是敏儿，也是相貌堂堂，不过却是街上有名的问题青年，隔三差五地惹是生非。别人家的父母找上门来，找家长大人说理，这时候敏儿他爸照例是退到一边，向屋里喊，你快出来，快出来呀！做妈的就应声掀开了门帘，端端正正地走出来面对来人——不是一般的出来，是像上台说书一样，微笑着仪态万方地走出来，就像艺人面对听众那样，面对动了肝火的邻居。开场白是相似的，女人先把自己的儿子数落一顿，然后评说这件事情的来龙去脉——有时仅仅是猜测或者分析，但让对方感到小辈的顽劣历历在目。当你开始点头称是，从前的女艺人话锋柔软地向左歪或者向右对齐了，她能说出一种令人信服的道理，意思是一只碗不响，两只碗才乒乒乓乓，更深的意思是孩子就是孩子，在外面打架斗气是正常的，做大人的不必大惊小怪的，吵来吵去倒伤了街坊邻居的和气。职业性的叙事手法使她的一字一句都心平气和，即使对方听着并不是真正的受用，却无法再作计较，因此总是讪讪而去。由于她在处理此类事情上成绩卓著，街上的其他妇女也经常围过去听她是怎么打发上门算账的人，但是效果你也能预料，没有用，许多事情是没法取经送宝的；再说，也不是每一个女人都像敏儿他妈那样，说过评弹。

  当时我们那里的评弹团好像是解散了的。姓严的女人不知道在哪里上班，我有时候看到她提一只布兜匆匆忙忙地从街上走过，沿途用她清亮的声音和一些人打招呼，心里便暗想，她在书场里说评弹时什么样子，搭档是谁？她会不会唱那个余红仙的"我失骄杨君失柳"？当然我无从知道关于她作为评弹艺人的任何细节。我知道许多吃艺术饭的人都要吊嗓子，她却不吊，那么好的嗓子全浪费在与女邻居谈论阳光和被子上了。这样的生活是不是有点可惜？我也不能去问她，她就那么在家门口晒这晒那，在街上走来走去。过了好几年，我们城市的评弹团恢复演出了，市中心的市场门口经常贴出演出海报，还有演员的名字，我路过那里时不免要留意严某某这个名字，但是节目换了一档又一档，我从来就没有找到敏儿他妈妈的名字。我问我母亲，不是说敏儿他妈妈说评弹有点名气吗，怎么不见她演出？我母亲也不知究竟，光是推测说敏儿他妈妈大概离开评弹团了。

评弹后来在我们那里是老调重弹，不光是书场里，广播喇叭里，甚至在一些茶馆里，都有有名或者无名的艺人在那里不紧不慢地说，嗯嗯呀呀地唱，姓严的女人却缺席，她一直留在自己家里。奇怪的是后来她不再忙于晒这晒那的了，我有一次看见她披一件黑色的呢子大衣，站在门口，指挥她丈夫收一匾萝卜干。她丈夫无法把竹匾顺利地搬进狭小的门洞，她婆婆在一边颤巍巍地帮忙，帮的是倒忙，萝卜干纷纷地掉在地上。让我奇怪的是姓严的女人对此的反应，她一反常态，柳眉斜竖，用她依然清脆的嗓音说，笨煞哉，笨煞哉！我不来，你们搬点萝卜干都搬不来！

让姓严的女人生气的其实不是萝卜干，是她的病。我后来知道她不出来晒被子是因为得了病，乳腺癌。听说她的一只乳房被医生拿掉了。她的歌唱般的声音因此也被什么取走了。邻居们在街上拉住她儿子，就是那个叫敏儿的青年问，你妈妈的病怎么样了？敏儿头一拧，说，她生病，关你什么屁事？邻居们都吐舌头，说，严某某那么好的女人，怎么生了这么个儿子出来。

再后来姓严的女人就去世了。她的摄于二十世纪六十年代的照片作为遗像挂在白布上，着了色，很美很妩媚，嘴角眼里都是满满的笑意。我们那儿的殡葬是公开的，大家都去吊唁，看见死者的丈夫、婆婆还有她的不听话的儿子都在哭，怎么会不哭呢，这户人家的顶梁柱没有了；邻居们也哭，怎么不哭？以后不会有人用那么美妙的声音与你谈论家务事儿女事了。

坦率地说在她的灵床边我好奇多于悲伤，我心有旁骛，寻找着这个女人艺术生涯的实证。我在高高的雪白山墙上发现一只琵琶，那只琵琶静静地挂在那儿，似乎已经挂了好多年了。在充斥着悲声哀诉的葬礼上，琵琶被所有人遗忘了，我想应该有人想到把它放在死者的身边，但是这样说明什么问题呢？我也说不清楚，我只是觉得这个女人的一半生活在我们街上，生活在琐碎的生活中，另一半却是逃逸的，逃到哪里去了呢？也许是在哪家书场的台子上，罩着一层灰尘，需要我想象的就是那另一半，包括她怀抱琵琶的样子，包括她的唱腔是哪个流派——我从来就没有听过她的评弹。我想让我去想象这件事有点荒诞，她既然是说评弹的，她既然就住在我们家的附近，我为什么从未听过她说评弹的声音呢？

这个疑团大概是不会有人来解答的，暂且让那个女人安息，我来描述第二个女人的声音——第二个女人的声音与评弹无关，但与广播喇叭有关。

这里所描述的女人，同样有着人们认为最甜美的声音。一点也不奇怪，她是我们家对面工厂的广播员，她的声音应该是甜美的，否则就不公平了，那家工厂有好多青年女工，大家都能说不卷舌的普通话，凭什么让她当广播员？她也一样不懂得如何卷舌，一样把"是"念成"四"，把"阶级敌人"念成"阶级涤纶"。

早晨我经常被这个女广播员的声音从睡眠中说醒，我不用惊醒这个词，比较符合实际，一个动听绵软的声音是绝不会让人受到惊吓的。她在河对面的高音喇叭里说话，就像一只辛勤的蜜蜂在你的耳边嗡嗡地回旋,你慢慢地就醒了。我听见她在广播里说:文章说——这是在摘引报纸上的文章,如此的播音结构最正常不过,但当时年少无知,偏偏又爱较真,听到她说"文章说"就纳闷,心想这个女人是怎么回事,文章又不是人,文章没有嘴,怎么会说话呢?

我一直认为那个女广播员播音有误,完全是出于自身的错误和偏见。我母亲就在那家工厂工作,有时候我去那儿洗澡或者吃午餐,在厂区的路上偶尔会看见一个体态苗条梳两条辫子的年轻女子,穿的也是蓝色工装,但是不管是上衣还是裤子都明显修改过了,修改得非常合乎女人人体的曲线,而且她的身上没有粉尘和油污,手里拿着的不是劳动工具或者机器零件,而是一卷报纸或者一本杂志,这使她看上去有一种清水出芙蓉的自得表情。我知道她就是那个女播音员,就是那个"文章说"。"文章说"走在厂里,好多人,男的女的都踊跃与她打招呼,可见她是个受欢迎的人物,这也很正常。就我所知,不管是在工厂、农村还是学校,当时的广播员各方面都要"过得硬",群众关系不好,别人会说凭什么让她坐在广播室里念稿子抓革命,让我们守着水泥窑汗流浃背地促生产?知识水平不高不行,否则你老是念错别字会歪曲了《人民日报》或者《红旗》杂志的精神!你的思想觉悟不高就更危险,万一你利用宣传阵地喊出一句反动口号,如何是好?所以我相信女广播是个优秀分子,但对她的"文章说"我是持保留意见的,她就不能换一种说法吗?

有一年秋天,河对岸工厂的高音喇叭突然沉寂了几天,然后出现了一个陌生的姑娘的声音,那个姑娘说话结结巴巴,显示她是个播音战线的新兵。她用一种紧张的声音说:下面请听革命歌曲——等了半天,革命歌曲却始终响不起来,等得你心焦,她还没有把歌曲放出声音。于是那个紧张的声音更紧张了,亡羊补牢地说:今天的广播到此结束,同志们,再见。

新来的广播员让人丧气。凡事就怕比较,我猜在"文章说"从广播站突然消失的那些日子,在工厂的高音喇叭所辐射的区域内,一定有许多人像我一样,心中充满了疑问:"文章说"到哪里去了?"文章说"出什么事了吗?

我与河对岸的广播生物钟般的联系似乎是被强行中断了,不知不觉中我习惯并依赖了一个女人的声音,这结果我原先并不自知。说我怀念那个女广播员的声音是词不达意的,但我讨厌新来的女广播员尖锐生硬的声音却是千真万确的。由此我也开始讨厌这个工厂的广播站,每天清晨《大海航行靠舵手》的前奏曲把我惊醒时,我总是在床上痛苦地捂紧耳朵,说,吵死人啦!

还是交代清楚那个女广播员的下落吧,这没什么关子可卖。那年元旦——或者春节?记不清了,反正是七十年代初期的某个节日,母亲带我去一家剧场,去看文艺演出。文艺演出中样板戏总是重头戏,建材系统的文艺演出也是相同的模式,先是一个轰轰烈烈的大合唱,然后就是样板戏了,全本样板戏排练起来有困难,就来几个片段。《沙家浜》的智斗开始了,站在"春来茶馆"牌匾下的阿庆嫂是谁?我觉得那么面熟，猛地就听见我旁边的观众狂热而骄傲地报出一个名字，说，我们厂的广播员啊！她演阿庆嫂！

果然就是那个消失了很久的女广播员。原来她到宣传队去了，这是更上一层楼的事。出于习惯我还是乐意当她的听众。我听她唱"这草包倒是一堵挡风的墙"就跟着哼了起来，我看她跷着食指指向胡传魁、刁德一，觉得这手势比洪雪飞的手势更加英姿勃发。这会儿她是阿庆嫂，我忘了她在广播里的不足之处，她不再说什么"文章说"，整个人就显得完美无缺。这还不算什么，《沙家浜》下面是《红灯记》，留长辫穿红袄的李铁梅粉墨登场了，我记得的是观众们的一片哗然，下面有人用惊叹句说：啊呀，又演小铁梅又演阿庆嫂啊！不得了！

依然是她，就是那个女广播员！那天坐在剧场的椅子上，我突然理解了她从广播站消失的必然性，她真不得了！七十年代，人们还不懂得使用人才这个字眼，我也并不懂得如何去崇拜一个女人，但我从此对一个女人的才华铭记在心。这个"文章说"，她是一个广播员？她是阿庆嫂？她是李铁梅？她到底是谁？我想她就像一支万花筒，摇一摇，一定还能变出更多的花样。

现在请大家回忆一下《沙家浜》里刁德一对阿庆嫂的评价。刁德一很警惕又很佩服地说：这个女人不寻常——我听到这阴阳怪气的唱腔，就会想起那个女广播员，当然这说的是她的青年时代。后来呢？有人大概会追问。我其实不愿意描述女播音员的现状，现状的棱角显得那么尖锐，而且无趣,就像我们大多数相仿的命运。阳光和辉煌有时候只在你的额角上亲吻一次,然后就无影无踪,就像我这里说的那女广播员。

她的现状不像我的文章一味追求完整——后来她结婚了,丈夫是宣传队里的另一个文艺骨干。他们结了婚却失去了同台演出的机会,不是他们不求上进,是宣传队解散了,大家都回到了工作岗位。女广播员不知怎么没有再进广播站,好像是在工会里做些难以总结的杂事。后来她有个女儿,过了几年,又有个女儿。一晃多年,再后来她当了外婆。九十年代的女广播员体形仍然苗条,但脸上的皱纹很多,给人饱经风霜的印象,这对一个女人的风韵来说并无多大益处。她上街买菜,抱着外孙去浴室洗澡,声音依然清脆甜美,但说的都是些家长里短,听着无聊。种种迹象表明我文章中的女广播员属于过去,而现在的她,生活越变越寻常了。从前的女广播员如今走在荒芜的濒临倒闭的工厂中,停产的厂区安静得出奇。但即使是那么安静,她也听不见年轻时候回荡在厂区的声音了,文章说——外面的报纸越来越多,文章越来越多,但文章说什么,与她有何相干?她管不了那么多,最近她要下岗了。

报纸上的文章说,竞争再上岗。不知这个女广播员现在跟谁竞争,也不知道她是否在考虑,去哪儿上岗对她最合适?

不说下岗上岗的事了,我这就说到了第三个女人——这个女人的生活也与声音相依为命,只不过她的声音用途更加粗鄙更加世俗一些。这个女人的声音并不动听,动听也没有用，因为她的声音主要是用来叫卖蔬菜鱼鲜的。

她在街坊邻居的妇女堆中显得有点特别。特别处不在她的容貌，她的容貌很普通，甚至可以说有点粗俗；也不在她的衣着打扮，她的打扮也实在本分，大部分同龄妇女穿什么，她就穿什么。她的特别之处在于她的职业，在严禁城市人口从事私有经济的年代，她竟然以贩卖蔬菜为生，她是一个女贩子！

她是一个女贩子，这决定了她在孩子们眼中是一个形迹可疑鬼鬼祟祟的女人，投机倒把使她的眼神中有一种负罪感。但奇怪的是没有谁看见她在我们的视线里贩卖任何蔬菜。人们说她到很远的地方去收蔬菜，然后到很远的农贸市场将那些蔬菜卖掉。这些贩卖的细节都在人们的猜度中，却得不到亲眼所见的证实，这是女贩子最特别之处，也是一些邻居议论纷纷的焦点。有与她熟络的人说，人家怕羞，人家爱面子，她不愿意在街坊邻居面前丢那个人。

她丈夫是个工人，那个说话口吃性格木讷的男人把她从郊县农村娶进门，一口气与她生下三个孩子，却始终没能为妻子寻找到一个正当的工作。一个人的工资养家糊口很难，那个女人虽出身于农家，却并不愿意过什么艰苦朴素的生活，别人家有手表她也想有，别人家有缝纫机她也想有。街上别的妇女认为这是要强，要强就要行动，这女人有一天就行动了，干的是贩卖蔬菜的勾当。

女贩子行踪不定，有时候一连好多天看不见她的人影，这往往是她购销两旺的黄金季节。她早出晚归，除了她的家人，别人是看不见她的，即使看见她也没什么用。一般情况下她空着手在街上走（不知她是把蔬菜筐存在什么地方了），看她风尘仆仆的样子，与刚刚从纺织厂下班回家的女工没什么两样。但有时候她一连几天闲在家里，手里拿着针线，坐在门口与女邻居们东家长西家短地拉家常。作为一个市井妇女，她当然也有市井妇女特有的爱好，喜欢看热闹，谁家夫妻吵架父子斗殴她都要站在前面观看，只是不怎么发言，显然怕让别人倒拔葱，带出她的一把泥来。但看她的表情是很丰富的，同情或者谴责谁，站在谁的一边，脸上是一目了然。后来我们知道这种时候往往是打击投机倒把活动最热烈的当口，她按兵不动，在自家门口看看别人家的闲事，是非常明智的。

　　她是文盲，不识字，但是算账很快，左右邻居卖废品的时候，都要拉着她算一遍，这样才能确保不吃亏。这样的算术才能无疑得益于她的小贩生涯。她人缘很好，除了自己的丈夫和孩子（她经常痛骂他们的蠢笨和顽劣），从不得罪人，所以这个从事不法行当的妇女，得到了来自邻居的应有的尊重和理解。有一次街上的孩子们听见女贩子家传来了嘈杂的声音，这使他们很兴奋，都拥到她家门口，看看这户人家有什么事情，但女贩子的两个儿子一个女儿像铁将军一样挡在家门口，只让大人们进去，不让孩子进去，嘴里还不干不净的。他们好像明白母亲刚刚遭受的屈辱，她在市场上遭到了执法人员的粗暴对待，秤被折断了，蔬菜筐子被踩烂了，而且他们的母亲还被人打了。女贩子在屋里哭泣，她的子女就善解人意地放大人进去,让那些能言善劝的妇女去安慰他们的母亲,然而他们发现母亲的悲伤内容复杂,不是那么容易化解的。她在里面突然大叫一声,我命苦哇!这种凄厉的呐喊使孩子们摸不着头脑,也只有大人才得其中之味。但是女贩子的女儿虽然只有十四五岁,她一定懂得母亲做贩子的艰辛,所以她站在两个弟弟的后面,一边替他们挡着门,一边呜呜地回应着母亲哭泣起来。

这就说到了女贩子的几个孩子。女儿没什么可说的,人有点笨,却善良,后来嫁了一个老实巴交的小伙子。小伙子家境贫困,结果连新房里的家具都是女贩子打好了陪嫁过去,那姑娘嫁妆之丰厚让邻居们很是吃惊,他们都说没想到,没想到女贩子这几年贩蔬菜,贩出了个如此殷实的家底。没想到的事情尽出在女贩子家中,女贩子的大儿子长到血气方刚的年龄,准备去下乡插队,有一天突然犯了心脏病,不明不白地就死在了床上。女贩子大病一场,过了一阵恢复过来了,对要好的邻居说,我这样躺下去不是件事情,大的没了,还有小的呢。我还要出去做。邻居知道她是什么意思,"出去做"就是指贩卖蔬菜。可怜天下父母心,女贩子为了小儿子,戴着大儿子的丧带,又出去"做"了。

小儿子长得英俊,讨人喜欢,就是不听话,典型的不爱学习爱打架的中学生,总是有别的孩子家长吵到门上来,说自家孩子被他欺负了。女贩子不在家,这事由她丈夫处理,那男人就朝自己儿子扇耳光。扇了好多年,突然有一天,做父亲的手被儿子牢牢抓住,做父亲的胸口挨了儿子重重的一拳，儿子说，×你妈，你还打我呀，小心我灭了你。

那就是女贩子唯一的儿子了。人们都预见了这个男孩的不妙的未来，只有女贩子盲目地为儿子构造着幸福的蓝图，后来这蓝图就被儿子亲手撕成两半，儿子终于在外面闯了大祸，他用西瓜刀把一个卖瓜人的肠子捅出来，警察当场就把他铐走。女贩子闻讯赶去要人，别人就指给她看西瓜摊前的血迹，女贩子不看血迹，一味地要儿子，警察当然不理她。那没脑子的儿子，最后被送进了外地的一个劳动教养所。

邻居们记得女贩子又是一场大病。那一阵子她卧床不起，连她丈夫都怀疑她是否能挨过又一次打击，但是我已经介绍过了，这是个特别的女人，她的特别之处不仅在于职业，也在于她的坚强和信念。女贩子在探望过儿子以后，很快恢复了生活的信心。她向邻居们抱怨有些人执法不公，谁家的孩子打架打出人命都没进去，靠的都是关系。她没有关系，只能让孩子去吃苦。邻居们似乎都不忍心质疑她无私的母爱，就问她以后准备怎么办？女贩子抹去眼泪，嘴角浮现出坚韧的积极向上的微笑，说：我能怎么办？我就有两只手，出去做呀，赚点钱，等他出来了，要结婚要成家，还得靠我的两只手呀！

女贩子奇迹般地继续她的小贩生涯，随着改革开放的时代潮流，她也扩大了贩卖业务。后来听邻居们说，她不仅贩卖蔬菜，也贩卖鱼虾，在秋季她还来往于阳澄湖甚至洪泽湖，倒卖当红的大螃蟹。还有的邻居，亲眼看见她在百货公司购买金戒指和金项链，她一转身就否认，还骗人说，买不起,是看看解眼馋的。

她儿子后来从劳教所出来了,几年不见的不良少年,长成一个高大而英俊的青年。女贩子积存多年的母爱终于迎来了它的主人,这幸运的儿子用母亲的钱开了一家烟杂店,经过一番专政和教育的洗礼,他对打架斗殴失去了兴趣,对挣钱和享受则有了强烈的追求,无论如何算是走上了一条较为安全的道路。因为外形出众,这儿子很快找到了女朋友。他不反对女朋友结婚的要求,而且非常诚实地告诉她,他母亲手里有五十万,都是他的。女贩子的儿子,一个幸运的儿子,让我们听听他是怎么安排女贩子的五十万家产的:

结婚用二十万够了吧,剩下三十万先存到我的长城卡上,慢慢花呗。什么?她不给?她敢!不给我就捅死这老×养的!

关于冬天

　　厄尔尼诺现象确实存在，一个最明显的例证是现在的冬天不如从前的冷了，前几年的冬天那么马虎地蜻蜓点水似的就过去了，让人不知是喜是忧。冬季里我仍然负责在中午时分送女儿去学校，偶尔会看见地上水洼里的冰将融未融，薄薄的一层，看上去很脆弱，不像冰，倒像是一张塑料纸。我问我女儿早晨妈妈送她的时候冰是否厚一些，我女儿却没什么印象，事实上她长这么大，从来没见过地上长出来的冰，那种厚厚的结结实实的冰。

　　北方人在冬天初次来到江南，几乎每个人都用上当受骗的眼神瞪着你，说：怎么这么冷？你们这儿，怎么会这么冷？人们对江南冬季的错觉不知从何而来，正如我当年北上求学时家里人都担心我能否经受北方的严寒，结果我在十一月的一天，发现北师大校园内连宿舍厕所的暖气片也在嗞嗞作响，这使我对严冬的恐惧烟消云散。

　　忆记中冬天总是很冷。西北风接连三天在窗外呼啸不止，冬天中最寒冷的部分就来临了。母亲把一家六口人的棉衣从樟木箱里取出来，六个人的棉衣、棉鞋、帽子、围巾，不管你愿意不愿意，我们必须穿上散发着樟木味道的冬衣；不管你愿意不愿意，你必须走到大街上去迎接冬天的到来。

冬天来了，街道两旁的人家关上在另外三个季节敞开的木门，一条本来没有秘密的街道不得已中露出了神秘的面目。室内和室外其实是一样冷的，闲来无事的人都在空地上晒太阳。这说的是出太阳的天气，但冬天的许多日子其实是阴天，空气潮湿，天空是铅灰色的，一切似乎都在酝酿着关于寒冷的更大的阴谋，而有线广播的天气预报一次次印证这种阴谋。广播员不知躲在什么地方用一种心安理得的语气告诉大家，西伯利亚的强冷空气正在南下，明天到达江南地区。

冬天的街道很干净，地上几乎不见瓜皮果壳之类的垃圾，而且空气中工业废气的气味也被大风刮到了很远的地方，因此我觉得张开鼻孔能闻见冬天自己的气味。冬天气味或许算不上一种气味，它清冽纯净，有时给鼻腔带来酸涩的刺激。街上麻石路面的坑坑洼洼处结了厚厚的冰，尤其是在雪后的日子，人们为了对付路上的冰雪花样百出，有人喜欢在胶鞋的鞋底上绑一道草绳来防滑，而孩子们利用路上的冰雪为自己寻找着乐子，他们穿着棉鞋滑过结冰的路面，以为那就是滑冰。江南有谚语道，下雨下雪狗欢喜。也不知道那有什么根据，我们街上很少有人家养狗，看不出狗在雨雪天里有什么特殊表现。我始终觉得这谚语用在孩子们身上更适合，孩子们在冬天的心情是苦闷的寂寞的，但一场大雪往往突然改变了冬天乏味难熬的本质。大雪过后孩子们冲出家门冲出学校，就像摇滚歌星崔健在歌中唱的，他们要在雪地里撒点野，为自己制造一个捡来的节日。江南的雪让人想到计划生育，它很有节制，每年来那么一场两场，让大人们皱一皱眉头，也让孩子们不至于对冬天恨之入骨。我最初对雪的记忆不是堆雪人，也不是打雪仗，说起来有点无聊，我把一大捧雪用手捏紧了，捏成一个冰坨坨，把它放在一个破茶缸里保存，我脑子里有一个模糊的念头，要把那块冰保存到春天，让它成为一个绝无仅有的宝贝。结果可以想见，几天后我把茶缸从煤球堆里找出来，看见茶缸里空无一物，甚至融化的冰水也没有留下，因为它们已经从茶缸的破洞处渗到煤堆里去了。

融雪的天气是令人厌恶的，太阳高照着，但整个世界都是湿漉漉的，屋檐上的冰凌总是不慌不忙地向街面上滴着水。路上黑白分明，满地污水悄悄地向窨井里流去，而残存的白雪还在负隅顽抗，街道上就像战争刚刚过去，一片狼藉。讨厌的还有那些过分勤快的家庭主妇，天气刚刚放晴她们就急忙把衣服、被单、尿布之类的东西晾出来，一条白色的街道就这样被弄得乱七八糟。

冬季混迹于大雪的前后，或者就在大雪中来临，江南民谚说邋遢冬至干净年，说的是情愿牺牲一个冬至，也要一个干净的无雨无雪的春节。人们的要求常常被天公满足，我记得冬至的街道总是一片泥泞的，江南人把冬至当成一个节日，家家户户要喝点东洋酒，吃点羊羹，也不知道出处何在。有一次我提着酒瓶去杂货店打东洋酒,闻着酒实在是香,就在路上偷偷喝了几口,回到家里面红耳赤的,棉衣后背上则溅满了星星点点的污泥,被母亲狠狠地训斥了一通。现在我不记得母亲是骂我嘴里的酒气还是骂我不该将新换上的棉衣弄那么脏,反正我觉得冤枉,自己钻到房间里坐在床上,不知不觉中酒劲上来,竟然趴在床上睡着了。

　　人人都说江南好,但没有人说江南的冬天好。我这人对季节气温的感受总是很平庸,异想天开地期望有一天我这里的气候也像云南的昆明,四季如春。我不喜欢冬天,但当我想起从前的某个冬天,缩着脖子走在上学的路上,突然听见我们街上的那家茶馆里传来丝弦之声,我走过去看见窗玻璃后面热气腾腾,一群老年男人坐在油腻的茶桌后面,各捧一杯热茶,轻轻松松地听着一男一女的评弹档说书,看上去一点也不冷。我当时就想,这帮老家伙,他们倒是自得其乐。现在我仍然记得这个冬天里的温暖场景,我想要是这么着过冬,冬天就有点意思了。

夏天的一条街道

　　街上水果店的柜台是比较特别的,它们做成一个斜面,用木条隔成几个大小相同的框子,一些瘦小的桃子,一些青绿色的酸苹果躺在里面,就像躺在荒凉的山坡上。水果店的女店员是一个和善的长相清秀的年轻姑娘,她总是安静地守着她的岗位,但是谁会因为她人好就跑到水果店去买那些难以入口的水果呢?人们因此习惯性地忽略了水果在夏季里的意义,他们经过寂寞的水果店和寂寞的女店员,去的是桥边的糖果店。糖果店的三个中年妇女一年四季在柜台后面吵吵嚷嚷的,对人的态度也很蛮横,其中一个妇女的眉角上有一个难看的刀疤,孩子走进去时她用沙哑的声音问你:买什么?那个刀疤就也张大了嘴问你:买什么?但即使这样糖果店在夏天仍然是孩子们热爱的地方。

　　糖果店的冷饮柜已经使用多年,每到夏季它就发出隆隆的欢叫声。一块黑板放在冷饮柜上,上面写着冷饮品种:赤豆棒冰四分,奶油棒冰五分,冰砖一角,汽水(不连瓶)八分。女店员在夏季一次次怒气冲冲地打开冷饮机的盖子,掀掉一块棉垫子，孩子就伸出脑袋去看棉垫子下面排放得整整齐齐的冷饮。也会看见赤豆棒冰已经寥寥无几，奶油棒冰和冰砖却剩下很多，它们令人艳羡地躲避着炎热，待在冰冷的雾气里。孩子也能理解这种现象，并不是奶油棒冰和冰砖不受欢迎，主要是它们的价格贵了几分钱。孩子小心地揭开棒冰纸的一角，看棒冰的赤豆是否很多，挨了女店员一通训斥，她说：看什么看？都是机器做出来的，谁还存心欺负你？一天到晚就知道吃棒冰，吃棒冰，吃得肚子都结冰！

孩子嘴里吮着一根棒冰，手里拿着一个饭盒，在炎热的午后的街道上拼命奔跑。饭盒里的棒冰哐哐地撞击着，毒辣的阳光威胁着棒冰脆弱的生命，所以孩子知道要尽快地跑回家，好让家里人享受到一种完整的冰冷的快乐。

最炎热的日子里，整个街道的麻石路面蒸腾着热气。人在街上走，感觉到塑料凉鞋下面的路快要燃烧了，手碰到路边的房屋墙壁，墙也是热的。人在街上走，怀疑世上的人们都被热晕了，灼热的空气中有一种类似喘息的声音，若有若无的，飘荡在耳边。饶舌的、嗓音洪亮的、无事生非的居民们都闭上了嘴巴，他们躺在竹躺椅上与炎热斗争，因为炎热而忘了文明礼貌，一味地追求通风。他们四仰八叉地躺在面向大街的门边，张着大嘴巴打着时断时续的呼噜，手里的扇子掉在地上也不知道，田径裤的裤腿那么肥大，暴露了男人的机密也不知道。有线广播一如既往地开着，说评弹的艺人字正腔圆，又说到了武松醉打蒋门神的精彩部分，可他们仍然呼呼地睡，把人家的好心当了驴肝肺。

下午三点钟,阳光发生了可喜的变化,阳光从全线出击变为区域防守,街上的房屋乘机利用自己的高度制造了一条"三八线"。"三八线"渐渐地游移,线的一侧是热和光明,另一侧是凉快和幽暗,行人都非常势利地走在幽暗的阴凉处。这使人想起正在电影院里上映的朝鲜电影《金姬和银姬的命运》,那些人为银姬在"三八线"那侧的悲惨命运哭得涕泗横流,可在夏天他们却选择没有阳光的路线,情愿躲在银姬的黑暗中。

太阳落山在夏季是那么艰难,但它毕竟是要落山的。放暑假的孩子关注太阳的动静,只是为了不失时机地早早跳到护城河里,享受夏季赐予的最大的快乐。黄昏时分驶过河面的各类船只小心谨慎,因为在这种时候整个城市的码头、房顶、窗户和门洞里,都有可能有个男孩大叫一声,纵身跳进河水中。他们甚至于要小心河面上漂浮的那些西瓜皮,因为有的西瓜皮是在河中游泳的孩子的泳帽,那些讨厌的孩子,他们头顶着半个西瓜皮,去抓来往船只的锚链。他们玩水还很爱惜力气,他们要求船家把他们带到河的上游或者下游去。于是站在石埠上洗涮的母亲看到了她们最担心的情景:她们的孩子手抓船锚,跟着驳船在河面上乘风破浪,一会儿就看不见了,母亲们喊破了嗓子,又有什么用?

夜晚来临,人们把街道当成了露天的食堂,许多人家把晚餐的桌子搬到了街边,大人孩子坐在街上,嘴里塞满了食物,看着晚归的人们骑着自行车从自己身边经过。你当街吃饭,必然便宜了一些好管闲事的老妇人,有一些老妇人最喜欢观察别人家今天吃了什么。老妇人手摇一把葵扇，在街上的饭桌间走走停停，她觉得每一张饭桌都生意盎然。吃点什么啊？她问。主妇就说，没有什么好吃的，咸鱼，炒萝卜干。老妇人就说，还没有什么好吃的呢，咸鱼不好吃？

　　天色渐渐地黑了，街上的居民们几乎都在街上。有的人家切开了西瓜，一家人的脑袋围拢在一只破脸盆上方，大家有秩序地向脸盆里吐出瓜子。有的人家的饭桌迟迟不撤，因为孩子还没回来；后来孩子就回来了，身上湿漉漉的。恼怒的父亲问儿子：去哪儿了？孩子不耐烦地说：游泳啊，你不是知道的吗？父亲就瞪着儿子处在发育中的身体，说：吊船吊到哪儿去了？儿子说：里口。父亲的眼珠子愤怒得快暴出来了：让你不要吊船你又吊船，你找死啊？就这样当父亲的在街上赏了儿子一记响亮的耳光，左右邻居自然地围过来了。一些声音很愤怒，一些声音不知所云，一些声音语重心长，一些声音带着哀怨的哭腔，它们不可避免地交织起来，喧嚣起来，即使很远的地方也能听见这样丰富浑厚的声音。于是有人向这边匆匆跑来，有人手里还端着饭碗，他们这样跑着，炎热的夏季便在夜晚找到了它的生机。

城北的桥

苏州城自古有六城门之说，城市北端的齐门据说不在此范围之中，但我却是齐门人氏，准确地说我应该是苏州齐门外人氏。

我从小生长的那条街道在齐门吊桥以北，从吊桥上下来，沿着一条狭窄的房屋密集的街道朝北走，会走过我的家门口。再走下去一里地，城市突然消失，你会看见郊区的乡野景色，菜地、稻田、草垛、池塘和池塘里农民放养的鸭群，所以我从小生长的地方其实是城市的边缘。

即使是城市的边缘，齐门外的这条街道依然是十足的南方风味，多年来我体验这条街道也就体验到了南方，我回忆这条街道也就回忆了南方。

齐门的吊桥从前真的是一座可以悬吊的木桥，它曾经是古人用于战争防御的设施。请设想一下，假如围绕苏州城的所有吊桥在深夜一起悬吊起来，护城河就真正地把这个城市与外界隔绝开来，也就把所有生活在城门以外的苏州人隔绝开来了。所幸我没有生活在那个年代，事实上在我很小的时候齐门吊桥已经改建成一座中等规模的水泥大桥了。

但是齐门附近的居民多年来仍然习惯把护城河上的水泥桥叫作吊桥。

从吊桥上下来,沿着一条碎石铺成的街道朝北走,你还会看见另外两座桥,首先看见的当然是南马路桥,再走下去就可以看见北马路桥了。关于两座桥的名称是我沿用了齐门外人们的普通说法,我不知道它们是否有更文雅更正规的名称,但我只想一如既往地谈论这两座桥。

两座桥都是南方常见的石拱桥,横卧于同一条河汊上,多年来它们像一对姐妹遥遥相望。它们确实像一对姐妹,都是单孔桥,桥孔下可容两船共渡,桥堍两侧都有伸向河水的石阶,河边人家常常在那些石阶上洗衣浣纱,桥堍下的石阶也是街上男孩们戏水玩耍的去处。站在那儿将头伸向桥孔内壁观望,可以发现一块石碑上刻着建桥的时间,我记得北马路桥下的石碑刻的是清代道光年间,南马路桥的历史也许与其相仿吧。它们本来就是一对形神相随的姐妹桥。

人站在南马路桥上遥望北马路桥却是困难的,因为你的视线恰恰被横卧两桥之间的另一座庞然大物所阻隔。那是一座钢灰色的直线形铁路桥,著名的京沪铁路穿越苏州城北端,穿越齐门外的这条街道和傍街而流的河汊,于是出现了这座铁路桥,于是我所描述的两座桥就被割开了。我想那应该是六十年以前的事了,也许修建铁路桥的是西方的洋人,也许那座直线形的钢铁大桥使人们感到陌生或崇拜,直到现在我们那条街上的人们仍然把那座铁路桥称作洋桥,或者就称铁路洋桥。

铁路洋桥横亘在齐门外的这条街道上，齐门外的人们几乎每天都从铁路洋桥下面来来往往，火车经常从你的头顶轰鸣而过，溅下水汽、煤屑和莫名其妙的瓜皮果壳。

被阻隔的两座石拱桥依然在河上遥遥相望，现在让我来继续描述这两座古老的桥吧。

南马路桥的西侧被称为下塘，下塘的居民房屋夹着一条更狭窄的小街，它与南马路桥形成丁字走向。下塘没有店铺，所以下塘的居民每天都要走过南马路桥，到桥这侧的街上买菜办货。下塘的居民习惯把桥这侧的街道称为街，似乎他家门口的街就不是街了。下塘的妇女在南马路桥相遇打招呼时，一个会说：街上有新鲜猪肉吗？另一个则会说：街上什么也没有了。

南马路桥的东侧也就是齐门外的这条街了，桥堍周围有一家糖果店、一家煤球店、一家肉店，还有一家老字号的药铺，有一个类似集市的蔬菜市场。每天早晨和黄昏，近郊的菜农挑来新摘的蔬菜沿街一字摆开，这种时候桥边很热闹，也往往造成道路堵塞，使一些急于行路的骑车人心情烦躁而怨言相加。假如你有心想听听苏州人怎么斗嘴吵架，桥边的集市是一个很好的地点。而且南马路桥附近的妇女相比北马路桥的妇女似乎刁蛮泼辣了许多，这个现象无从解释。在我的印象中，南马路桥那里是一个嘈杂的惹是生非的地方。

也许我家离北马路桥更近一些，我也就更喜欢这座北马路桥。我所就读的中学就在北马路桥斜对面不远的地方。

每天都要从桥下走过，有时候去母亲的工厂吃午饭或者洗澡，就要背着书包爬过桥，数一数台阶，一共十一级，当然总是十一级。爬过桥就是那条洁净而短促的横街了，横街与北马路桥相向而行，与齐门外的大街却是垂着的或者说是横着的，所以它就叫横街。我不知道为什么从小就喜欢这条横街，或许是因为它街面洁净房屋整齐，或许因为我母亲每天都从这里走过去工厂上班，或许只是因为横街与齐门外的这条大街相反而成，它真的是一条横着的街。

北马路桥边是一家茶馆，两层的木楼，三面长窗中一面对着河水，一面对着桥，一面对着大街。记忆中茶馆里总是一片湿润的水汽和甘甜的芳香，茶客多为街上和附近郊区的老人，围坐在一张张破旧的长桌前，五六个人共喝一壶绿茶，谈天说地或者无言而坐，偶尔有人在里面唱一些弹词开篇，大概是几个评弹的票友。茶馆烧水用的是老虎灶，灶前堆满了砻糠。烧水的老女人是我母亲的熟人，我母亲告诉我她就是茶馆从前的老板娘，现在不是了，现在茶馆是公家的了。

北马路桥边的茶馆被许多人认为是南方典型的风景，曾经有几家电影厂在这里摄下这种风景，但是摄影师也许不知道桥边茶馆已经不复存在了，前年的一场大火把茶馆烧成一片废墟。那是炎夏七月之夜，齐门外的许多居民都在河的两岸目睹了这场大火，据说火因是老虎灶里的砻糠灰没有熄灭，而且渗到了灶外。人们赶来只能眼睁睁地看着大火烧掉桥边茶馆，当然，茶馆边的左桥却完好无损。

现在你从北马路桥上走下去，桥堍左侧的空地就是茶馆遗址，现在那里变成了一些商贩卖鱼卖水果的地方。

苏州城北是一个很小的地域，城北的齐门外的大街则是一个弹丸之地，但是我想告诉人们那里竟然有四座桥。按照齐门外人氏的说法，从南至北数去，它们依次为吊桥、南马路桥、铁路洋桥、北马路桥，冷静地想这些名字既普通又有点奇怪，是吗？

我之所以简略了对铁路洋桥的描述，是因为它在我童年的记忆中充满了血腥和死亡的气息。我在铁路洋桥看见过七八名死者的尸体，而在吊桥上，在南马路桥和北马路桥上，我从来没看见过死者。

船

到常熟去的客船每天早晨经过我家窗外的河道，是轮船公司的船，所以船只用蓝色和白色的油漆分成两个部分，客舱的白色和船体的蓝色泾渭分明，使那条船显得气宇轩昂。每天从河道里经过无数的船，我最喜欢的就是去常熟的客船。我曾经在美术本上画过那艘轮船，美术老师看见那份美术作业，很吃惊，说，没想到你画船能画得这么好。

孩提时代的一切都是易于解释的，孩子们的涂鸦往往在无意中表露了他的挚爱，而我对船舶的喜爱甚至一直延续到了今天。

我记忆中的苏州内河水道是洁净而明亮的，六七十年代经济迟滞不动，我家乡的河水却每天都在流动，流动的河水中经过了无数驶向常熟太仓或昆山的船。最常见的是运货的驳船队，七八条驳船拴接在一起，被一条火轮牵引着，突突然地向前行驶。我能清晰地看见火轮上正在下棋的两个工人，看见后面的驳船上的一对对夫妇和他们的孩子。让我关注的就是驳船上的那一个个家，一个个年龄与我相仿的孩子，这种处于漂浮和行进中的生活在我眼里是一种神秘的诱惑。

我热衷于对船的观察或许隐藏了一个难以表露的动机，这与母亲的一句随意的玩笑有关。我不记得那时候我有多大，也不知道母亲是在何种情况下说了这句话，她说：你不是我生的，你是从船上抱来的。这是母亲们与子女间常开的漫无目的的玩笑，当你长大成人后你知道那是玩笑，母亲只是想在玩笑之后看看你的惊恐的表情，但我当时还小，我还不能分辨这种复杂的玩笑。我因此记住了我的另一种来历，尽管那只是一种可能。我也许是船上人家的孩子，我真正的家也许是在船上！

我不能告诉别人我对船的兴趣有自我探险的成分，有时候我伏在临河的窗前，目送一条条船从我眼前经过，我很注意看船户们的脸，心里想，会不会是这家呢？怀着隐秘打量世界总是很痛苦的。在河道相对清静的时候，我常常看见一条在河里捞砖头的小船，船上是母女俩，那个母亲出奇地瘦小，一条腿是残疾的，她的女儿虽然健壮高挑，但脸上布满了雀斑，模样很难看。这种时候我几乎感到一种恐怖，心想，我万一是这家人的孩子怎么办？也是在这种时候我才安慰自己：这是不可能的事，这是胡思乱想，有关我与船的事情都是骗人的谎话。

我上小学时一个真正的船户的孩子来到了隔壁我舅舅家。我舅舅家只有女孩没有男孩，那男孩的父母就通过几道人情关系把儿子送到了我舅舅家。是一个老实而显得木讷的男孩，脖子上戴着船户子弟戴的银项圈。我对那男孩的船户背景有一种狂热的兴趣，我一边嘲笑他脖子上的项圈，一边还向他提出各种问题，问他为什么不待在船上，跟他父母在一起，我问他难道在船上不如在我舅舅家好玩吗？那个男孩只是回答我，他要在街上上学。他不愿意跟我谈话，似乎也不愿意跟我做朋友，这使我觉得有点颓丧。有一天我听见窗外的河道响起一片嘈杂声，跑出去一看，一条大木船向我舅舅家的石埠前慢慢靠拢，船上的那对夫妇忙着要靠岸，而一个小男孩站在船头拼命地向岸上挥手，嘴里大叫着：哥哥，哥哥，哥哥！我随后就看见我舅妈拉着那男孩站在石埠上，我知道这就是那男孩家的船，船上的男女是他的父母，那个大叫大嚷的小男孩是他的弟弟。我几乎是怀着一种嫉妒的心情看着眼前这一幕，但我发现那男孩一点也不高兴，他仍然哭丧着个脸，面对着满脸喜色的家人。我觉得他不知好歹，他母亲眉眼周正，他父亲英俊魁梧，他的家在一条船上，可他还哭丧着个脸！

那船户的儿子在我舅舅家住了一个学期后就被他祖父接走了。奇怪的是他一走我对自己身世的想象也停止了，或许是我长大了，或者是一个真实的船户的儿子清洗了我内心对船的幻想。至此船在河道上行驶时我成了一个旁观者，我仍然对船展开着与年龄有关的想象，但那几乎是一种对航行和漂泊的想象了。在寂静的深夜或者清晨，我有时候被窗外的橹声惊醒，有的船户是喜欢大声说话的，一个大声地问：船到哪里去？另一个会大声地答：到常熟去。我就在被窝里想，常熟太近了，你们的船要是能进入长江，一直驶到南京、武汉，一直驶到山城重庆就好了。

　　我初中毕业报考过南京的海员学校，没有考上，这就注定了我与船舶和航行无缘的命运。我现在彻底相信我与船并没有什么特殊的关系，在我唯一的一次海上旅途中我像那些恐惧航行的人一样大吐不止，但我仍然坚信船舶是世界上最抒情最美好的交通工具。假如我仍然住在临河的房屋里，假如我有个儿子，我会像我母亲一样向他重复同样的谎言：你是从船上抱来的，你的家在一条船上。

　　关于船的谎言也是美好的。

过去随谈

说到过去，回忆中首先浮现的还是苏州城北的那条百年老街。一条长长的灰石路面，炎夏七月似乎是淡淡的铁锈红色，冰天雪地的腊月里却呈现出一种青灰的色调。从街的南端走到北端大约要花费十分钟，街的南端有一座桥，以前是南方城池所特有的吊桥，后来就改建成水泥桥了。北端也是一座桥，连接了苏沪公路，街的中间则是我们所说的铁路洋桥。铁路桥凌空跨过狭窄的城北小街，每天有南来北往的火车呼啸而过。

我们街上的房屋、店铺、学校和工厂就挤在这三座桥之间，街上的人也在这三座桥之间走来走去，把时光年复一年地走掉了。

现在我看见一个男孩背着书包滚着铁箍在街上走过，当他穿过铁路桥的桥洞时恰恰有火车从头顶上轰隆隆地驶过，从铁轨的缝隙中落下火车头喷溅的水汽，而且有一只苹果核被人从车窗里扔到了他的脚下。那个男孩也许是我，也许是大我两岁的哥哥，也许是我的某个邻居家的男孩。但是不管怎么说，那是我童年生活的一个场景。

我从来不敢夸耀童年的幸福，事实上我的童年有点孤独，有点心事重重。我父母除了拥有四个孩子之外基本上一无所有。父亲在市里的一个机关上班，每天骑着一辆破旧的自行车来去匆匆；母亲在附近的水泥厂当工人，她年轻时曾经美丽的脸到了中年以后经常是浮肿着的，因为疲累过度，也因为身患多种疾病。多少年来父母亲靠八十多元钱的收入支撑一个六口之家，可以想象那样的生活多么艰辛。

我母亲现在已长眠于九泉之下，现在想起她拎着一只篮子去工厂上班的情景仍然历历在目。篮子里有饭盒和布纳鞋底，饭盒里有时装着家里吃剩的饭和蔬菜，有时却只有饭没有别的，而那些鞋底是预备给我们兄弟姐妹做棉鞋的。她心灵手巧却没有时间，必须利用工余休息时纳好所有的鞋底。

在漫长的童年时光里，我不记得童话、糖果、游戏和来自大人的过分的溺爱，我记得的是清苦，记得一盏十五瓦的暗淡的灯泡照耀着我们的家，潮湿的未浇水泥的砖地，简陋的散发着霉味的家具，四个孩子围坐在方桌前吃一锅白菜肉丝汤，两个姐姐把肉丝让给两个弟弟吃，但因为肉丝本来就很少，挑几筷子就没有了。

母亲有一次去酱油铺买盐掉了五元钱，整整一天她都在寻找那五元钱的下落。当她彻底绝望时我听见了她那伤心的哭声，我对母亲说：别哭了，等我长大了挣一百块钱给你。说这话的时候我只有七八岁，我显得早熟而机敏。它抚慰了母亲，但对于我们的生活却是无济于事的。

那时候最喜欢的事情是过年。过年可以放鞭炮、拿压岁钱、穿新衣服，可以吃花生、核桃、鱼、肉、鸡和许多平日吃不到的食物。我的父亲和街上所有的居民一样，喜欢在春节前后让他们的孩子幸福和快乐几天。

当街上的鞭炮屑、糖纸和瓜子壳被最后打扫一空时，我们一年一度的快乐也随之飘散。上学、放学、作业、打玻璃弹子、拍烟壳——因为早熟或者不合群的性格，我很少参与街头孩子的这种游戏。我经常遭遇的是这种晦暗的难挨的黄昏，父母在家里高一声低一声地吵架，姐姐躲在门后啜泣，而我站在屋檐下望着长长的街道和匆匆而过的行人，心怀受伤后的怨恨：为什么左邻右舍都不吵架，为什么偏偏是我家常常吵个不休？

我从小生长的这条街道后来常常出现在我的小说作品中，当然已被虚构成"香椿树街"了。街上的人和事物常常被收录在我的笔下，只是因为童年的记忆非常遥远却又非常清晰，从头拾起令我有一种别梦依稀的感觉。

我初入学堂是在一九六九年秋季，仍然是动荡年代。街上的墙壁到处都是标语和口号，现在读给孩子们听都是荒诞而令人费解的了，但当时每个孩子都对此耳熟能详。我记得我生平第一次写下的完整句子都是从街上看来的，有一句特别抑扬顿挫：革命委员会好！那时候的孩子没有学龄前教育，也没有现在的广告和电视文化的熏陶，但满街的标语口号教会了他们写字认字，再愚笨的孩子也会写"万岁"和"打倒"这两个词组。

小学校是从前的耶稣堂改建的，原先牧师布道的大厅做了学校的礼堂，孩子们常常搬着凳椅排着队在这里开会，名目繁多的批判会或者开学典礼，与昔日此地的宗教仪式已经是南辕北辙了。这间饰有圆窗和彩色玻璃的礼堂以及后面的做了低年级教室的欧式小楼，是整条街上最漂亮的建筑了。

我的启蒙老师姓陈，是一个温和的白发染鬓的女老师，她的微笑和优雅的仪态适宜于做任何孩子的启蒙老师，可惜她年龄偏老，而且患了青光眼，到我上三年级时她就带着女儿回湖南老家了。后来我的学生生涯里有了许多老师，最崇敬的仍然是这位姓陈的女老师，或许因为启蒙对于孩子弥足珍贵，或许只是因为她有个那混乱年代罕见的温和善良的微笑。

读小学二年级的时候，因为一场重病使我休学在家，每天在病榻上喝一碗又一碗的中药，那是折磨人的寂寞时光。当一群小同学在老师的安排下登门慰问病号时，我躲在门后不肯出来，因为疾病和特殊化使我羞于面对他们。我不能去学校上学，我有一种莫名的自卑和失落感，于是我经常梦见我的学校、教室、操场和同学们。

说起我的那些同学们（包括小学和中学的同学），我们都是一条街上长大的孩子，彼此知道每人的家庭和故事，每人的光荣和耻辱。多少年后我们天各一方，偶尔在故乡街头邂逅，闲聊之中童年往事便轻盈地掠过记忆。我喜欢把他们的故事搬进小说，是一组南方少年的故事。我不知道他们是否会从中发现自己的影子，也许不会发现，因为我知道他们都已娶妻生子,终日为生活忙碌,他们是没有时间和兴趣去读这些故事的。

去年夏天回苏州家里小住,有一天在石桥上碰到中学时代的一个女老师,她看见我第一句话就是:你知道宋老师去世的消息吗?我很吃惊,宋老师是我高中的数学老师和班主任,我记得他的年纪不会超过四十五岁,是一个非常严谨而敬业的老师。女老师对我说:你知道吗他得了肝癌,都说他是累死的。我不记得我当时说了些什么,只记得那位女老师最后的一番话。她说:这么好的一位老师,你们都把他忘了,他在医院里天天盼着学生去看他,但没有一个学生去看他,他临死前说他很伤心。

在故乡的一座石桥上我受到了近年来最沉重的感情谴责,扪心自问,我确实快把宋老师忘了。这种遗忘似乎符合现代城市人的普遍心态,没有多少人会去想念从前的老师同窗和旧友故交了。人们有意无意之间割断与过去的联系,致力于想象设计自己的未来。对于我来说,过去的人和物事只是我的小说的一部分了。我为此感到怅然,而且我开始怀疑过去是否可以轻易地割断,譬如那个夏日午后,那个女老师在石桥上问我,你知道宋老师去世的消息吗?

说到过去,我总想起在苏州城北度过的童年时光。我还想起十二年前的一天,当我远离苏州去北京求学的途中那份轻松而空旷的心情。我看见车窗外的陌生村庄上空飘荡着一只纸风筝,看见田野和树林里无序而飞的鸟群,风筝或飞鸟,那是人们的过去以及未来的影子。

童年的一些事

我们家以前住在一座化工厂的对面,化工厂的大门与我家的门几乎可以说是面面相觑的。我很小的时候因为没事可做,也不知道可以做什么,常常就站在家门口,看化工厂的工人上班,还看他们下班。

化工厂工人的工作服很奇怪,是用黑色的绸质布料做的,袖口和裤脚都被收了起来,裤子有点像习武人喜欢穿的灯笼裤,衣服也有点像灯笼——服?化工厂的男男女女一进厂门就都换上那种衣服,有风的时候,看他们在厂区内走动,衣服裤子全都鼓了起来,确实有点像灯笼。我至今也不知道为化工厂设计工作服的人是怎么想的,这样的工作服与当时流行的蓝色工装格格不入,也使穿这种工作服的人看上去与别的工人阶级格格不入。许多年以后当我看见一些时髦的女性穿着宽松的黑色绸质衣裤,总是觉得她们这么穿并不时髦,像化工厂的工人。

有一个女人,是化工厂托儿所的阿姨,我还记得她的脸。那个女人每天推着一辆童车来上班,童车里坐着她自己的孩子，是个女孩，起码有七八岁了，女孩总是坐在车内向各个方向咧着嘴笑，我很奇怪她那么大了为什么还坐在童车里。有一次那母亲把童车放在传达室外面，与传达室的老头聊天，我冲过去看那个小女孩，发现女孩原来是站不起来的，她的脖子也不能随意地昂起来，我模模糊糊地知道女孩的骨头有问题，大概是软骨病什么的。我还记得她的嘴边有一摊口水，是不知不觉中流出来的。

有一个男的，是化工厂的一个单身汉，我之所以肯定他是单身汉，是因为我早晨经常看见他嘴里嚼着大饼油条，手里还拿着一只青团子之类的东西，很悠闲地从大街上拐进工厂的大门。那个男人大概二十七八岁的样子，脸色很红润，我总认为那种红润与他每天的早点有直接的关系，而我每天都照例吃的是一碗泡饭，加上几块萝卜干，所以我一直羡慕那个家伙。早饭，能那么吃，吃那么多，那么好！这个吃青团子的男人一直受到我的注意，只是关心他今天吃了什么。有一次我在上学的路上看见他坐在点心店里，当然又是在吃。我实在想知道他在吃什么，忍不住走进去，朝他的碗里瞄了一眼，我看见了浮在碗里的两只汤圆，还有清汤里的一星油花。我可以肯定他是在吃肉汤圆，而且买了四只——我知道四只汤圆一毛四分钱，一般来说，不是两只就是四只、六只，买单数会多花一分钱，那是不合算的。我还记得我走出点心店以后的想法，我想，这家伙每天还吃四只汤圆，他怎么这样舍得吃，他的工资到底有多少？我想这种幸福只有一个解释，那就是他是单身汉，单身汉的钱全部可以用来买各种早点吃,想吃什么就吃什么!

我还依稀记得化工厂制造的产品是苯干,苯干好像又是用来做樟脑丸的,这一点不要介绍也能猜出来,因为我小时候每天都闻着一种类似樟脑的气味。它在我的印象中是从化工厂的大烟囱里喷出来的,这种气味不仅钻进你的鼻孔,还附着于我家或邻居晾晒在外面的衣服上,有时候我们觉得街道上的空气没有什么异样。但来自别的街区的人走过我们那条街道时会捂着鼻子说:哎呀,什么味儿?难闻死了!这种人往往使我很反感。

我喜欢闻空气中那种樟脑丸的气味,我才不管什么污染和污染对人体的危害呢——当然这话是现在说着玩的,当时我根本不懂得什么叫空气污染,不仅是我,大人们也不懂;即使懂也不会改变什么,你不可能为了一点气味动工厂一根汗毛。大人们有时候骂化工厂讨厌,我猜那只是因为他们有人不喜欢闻樟脑味罢了。

我家隔壁的房子是化工厂的宿舍,住着两户人家。其实他们两家的门才是正对着化工厂大门的。其中一家人有两个儿子一个女儿,两个儿子被他们严厉的父亲管教着,从来不出来玩,他们不出来玩我就到他们家去玩。一个儿子其实已是小伙子,很胖,像他母亲,另一个在我哥哥的班级里,很瘦,都是很文静的样子。我不请自到地跑到他们家,他们也不撵我,但也不理我。我看见那个胖的大的在写什么,我问他在写什么,他告诉我,他在写西班牙语。

这是真的,大概是一九七三年或者一九七四年,我有个邻居在学习西班牙语！我至今不知道那个小青工学习西班牙语是想干什么。

隔壁的房子从一开始就像是那两家人临时的住所，到我上中学的时候那两家人都搬走了。临河的房子腾出来做了化工厂的输油站，一根大油管从化工厂里一直架到我家的隔壁，准备把油船里的油直接接驳到工厂里。

来了一群民工，他们是来修筑那个小型输油码头的。民工们来自宜兴，其中有一个民工很喜欢跟我家人聊天，还从隔壁的石阶上跳到我家来喝水。有一天他又来了，结果不小心把杯子掉在地上，杯子碎了，那个民工很窘，他说的一句话让我始终觉得很有意思，他说：这玻璃杯就是不结实。

输油码头修好以后我们家后门的河面上就经常停泊着一些油船，负责输油的两个工人我以前都是见过的，当然都穿着那种奇怪的黑色工作服，静静地坐在一张长椅子上看着压力表什么的。那个男的是个秃顶，面目和善，女的我就更熟悉了，因为是我的一个小学同学的母亲。我经常看见他们两个人坐在那里看油泵，两个人看上去关系很和睦，与两个不得不合坐的小学男生小学女生的关系是完全不同的。我不大关心他们，天黑以后我照例跑到后门对着河道撒尿，我不看他们，我相信他们也不看我。

那年夏天那个看油泵的女工，也就是我同学的母亲服了好多安眠药自杀了，听到这个消息我非常震惊。因为她一直是坐在我家隔壁看油泵的。我对于那个女工的自杀有许多猜测,许多稀奇古怪的猜测,但因为是猜测,就不在这里絮叨了。

回忆应该是真实而准确的,其他的都应该出现在小说里。

初入学堂

我第一次去学校不是去上学,是去玩或者只是因为家中无人照看已经记不清了,那一年我大约五岁,我跟着大姐到她的学校去。依稀记得坐落在僻静小街上的一排泥砖校舍,一个老校工站在操场上摇动手里的铁铃铛,大姐拉着我的手走进教室。请设想一个学龄前的小孩坐在一群五年级女生中间,怯生生地注视着黑板和黑板前的教师。那个女教师的发式和服饰与我母亲并无二致,但清脆响亮的普通话发音使她的形象变得庄严而神圣起来,那个瞬间我崇敬她胜过我的母亲。

是一个阳光明媚的早晨,我滥竽充数地坐在大姐的教室里,并没有人留意我的存在。我的手里或许握着一支用标语纸折成的纸箭,一九六七年的阳光透过玻璃窗洒在我的身上,我对阳光空气中血腥和罪孽的成分浑然不知,我记得琅琅的读书声在四周响起来,一遍又一遍地响起来,无论怎样那是我第一次感受了教育优美的秩序和韵律。

童稚之忆是否总有一圈虚假的美好的光环,扳指一算,当时正值"文革"最混乱的年月,大姐的学校或许并非那么温暖美好的。

我七岁入学,入学前父母带着我去照相馆拍了张全身像,照片上我身穿黄布仿制的军装,手执一本红宝书放在胸前,咧着嘴快乐地笑着,这张照片后来成为我人生最初阶段的留念。

我自己的小学从前是座耶稣堂,校门朝向大街,从不高的围墙上方望进去,可以看见礼拜堂的青砖建筑,礼拜堂早就被改成学校的小会堂了。一棵本地罕见的老棕榈树长在校门里侧。从一九六九年秋季开始,棕榈树下的这所小学成为我的第一所学校。

我记得初入学堂在空地上排队的情景,一年级的教室在从前传教士居住的小楼里,楼前一排漆成蓝色的木栅栏,木栅栏前竖着一块红色的铁质标语牌,"好好学习,天天向上",标语的内容耳熟能详。学校里总是有什么东西给你带来惊喜,比如楼前的紫荆正开满了星状花朵,它的圆叶摊在手心能击打出异常清脆的响声;比如围墙下的滑梯和木马,虽然木质已近乎腐朽,但它们仍然是孩子们难得享用的大玩具,天真好动的孩子都拥上去,剩下一些循规蹈矩的乖孩子站着观望。

入学第一天是慌张而亢奋的一天,但我也有了我的不快,因为排座位的时候,老师把我和一个姓王的女孩排在一张课桌上,而且是第一排。我讨厌坐在第一排,第一排给人以某种弱小可怜的感觉;我更讨厌与那个女孩同桌,因为她邋遢而呆板，别的女孩都穿着花裙子，打扮得漂漂亮亮，唯独她穿着打了补丁的蓝裤子，而且她的脸上布满鼻涕的痕迹。我的同桌始终用一种受惊的目光朝我窥望，我看见她把毛主席的红宝书放在一只铝碗里，铝碗有柄，她就一直把铝碗端来端去的，显得有点可笑，但这样携带红宝书肯定是她家长的吩咐。

所以入学第一天我侧着脸和身子坐在课堂里，心中一直为我的不如意的座位愤愤不平。

启蒙老师姓陈，当时大约五十岁的样子，关于她的历史现在已无从查访；只记得她是湖南人，丈夫死了，多年来她与女儿相依为命住在学校的唯一一间宿舍里，其实也就是一年级教室的楼上。现在我仍然清晰地记得陈老师的齐耳短发已经斑白，颧骨略高，眼睛细长但明亮如灯。记得她常年穿着灰色的上衣和黑布鞋子，气质洁净而娴雅，当她站在初入学堂的孩子们面前，他们或许会以她作参照形成此后一生的某个标准：一个女教师就应该有这种明亮的眼神和善良的微笑，应该有这种动听而不失力度的女中音，她的教鞭应该笔直地放在课本上，而不是常常提起来敲击孩子们的头顶。

一加一等于二。

b、p、m、f。

a、o、e。

这才是我一生中最美好的天籁，我记得是陈老师教会了我加减法运算和汉语拼音。一年级的时候我学会了多少汉字？二百个？三百个？记不清了，但我记得我就是用那些字给陈老师写了一张小字报。那是荒唐年代里席卷学校的潮流，广播里每天都在号召人们向××路线开火，于是我和另外一个同学就向陈老师开火了，我们歪歪斜斜地写字指出陈老师上课敲过桌子，我们认为那就是广播里天天批判的"师道尊严"。

我想陈老师肯定看见了贴在一年级墙上的小字报，她会作何反应？我记得她在课堂一如既往地微笑着，下课时她走过我身边，只是伸出手在我脑袋上轻轻抚摸了一下。那么轻轻的一次抚摸，是一九六九年的一首凄凉的教育诗。我以这种荒唐的方式投桃报李，虽然是幼稚和时尚之错，但事隔二十多年想起这件事仍然有一种心痛的感觉。

上三年级的时候陈老师和女儿离开了学校。走的时候她患了青光眼，几乎失去了视力，都说那是因为长期在灯下熬夜的结果。记得是一个秋天的黄昏，我在街上走，看见一辆三轮车慢慢地驶过来，车上坐着陈老师母女，母女俩其实是挤在两只旧皮箱和书堆中间。看来她们真的要回湖南老家了，我下意识地大叫了一声陈老师，然后就躲在别人家的门洞里了。我记得陈老师喊着我的名字朝我挥手，我听见她对我喊：天快黑了，快回家去吧。我突然想起她患了眼疾看不清是我，怎么知道是我在街上叫喊？继而想到陈老师是根据声音分辨她的四十多个学生的，不管在哪里，不管什么时候，老师们往往能准确无误地喊出每一个学生的名字。

我以后再也没有见过陈老师，假如她还健在，现在已是古稀之年了。或许每个人都难以忘记他的启蒙老师，而在我看来，陈老师已经成为混乱年代里一盏美好的路灯，她在一个孩子混沌的心灵里投下了多少美好的光辉，陪他走上漫长多变的人生旅途。时光之箭射落岁月的枯枝败叶，有些事物却一年年呈现新绿的色泽，正如我对启蒙老师陈老师的回忆。我女儿眼看也要背起书包去上学了，每次带着她走过那所耶稣教堂改建的学校时，我就告诉女儿，那是爸爸小时候上学的地方，而我的耳边依稀响起二十多年前陈老师的声音，天快黑了，快回家去吧。

天快黑了，快回家去吧。

九岁的病榻

我最初的生病经验产生于一张年久失修的藤条躺椅上，那是一个九岁男孩的病榻。

那年我九岁，我不知道为什么会得那种动不动就要小便的怪病，不知道小腿上为什么会长出无数红色疹块，也不知道白血球和血小板减少的后果到底有多严重。那天父亲推着自行车，我坐在自行车后座上，母亲在后面默默扶着我，一家三口离开医院时天色已近黄昏，我觉得父母的心情也像天色一样晦暗。我知道我生病了，我似乎有理由向父母要点什么，于是在一家行将打烊的糖果铺里，父亲为我买了一只做成蜜橘形状的软糖，橘子做得很逼真，更逼真的是嵌在上方的两片绿叶。我记得那是我生病后得到的第一件礼物。

生病是好玩的，生了病可以吃到以前吃不到的食物，可以受到家人更多的注意和呵护，可以自豪地向邻居小伙伴宣布：我生病了，明天我不上学！但这只是最初的感觉，很快生病造成的痛苦因素挤走了所有稚气的幸福感觉。

生病后端到床前的并非是美食。医生对我说，你这病忌盐,不能吃盐,千万别偷吃,有人偷吃盐结果就死了,你偷不偷吃?我说我不会偷吃,不吃盐有什么了不起的?起初也确实漠视了我对盐的需要。母亲从药店买回一种似盐非盐的东西放在我的菜里,有点咸味,但咸得古怪;还有一种酱油,也是红的,但红也红得古怪。开始与这些特殊的食物打交道,没几天就对它们产生了恐惧之心,我想我假如不是生了不能吃盐的病该有多好,世界上怎么会有不能沾盐的怪病?有几次我拿了只筷子在盐罐周围徘徊犹豫,最终仍然未敢越轨,因为我记得医生的警告,我只能安慰自己,不想死就别偷吃盐。

  生了病并非就是睡觉和自由。休学半年的建议是医生提出来的,我记得当时心花怒放的心情,唯恐父母对此提出异议。我父母都是信赖中医的人,他们同意让我休学,只是希望医生用中药来治愈我的病。他们当时认为西医是压病,中医才是治病。于是后来我便有了我的那段大啖草药汁煎破三只药锅的惨痛记忆,对于一个孩子的味蕾和胃口,那些草药无疑就像毒药。我捏着鼻子喝了几天,痛苦之中想出一个好办法,以上学为由逃避喝药。有一次在母亲倒药之前匆匆地提着书包蹿到门外,我想与其要喝药不如去上学,但我跑了没几步就被母亲喊住了。母亲端着药碗站在门边,她只是用一种严厉的目光望着我,我从中读到的是令人警醒的内容:你想死?你不想死就回来给我喝药。

  于是我又回去了。一个九岁的孩子同样地恐惧死亡,现在想来让我在九岁时候就开始怕死,命运之神似乎有点太残酷了一点,是对我的调侃还是救赎?我至今没有悟透。

九岁的病榻前时光变得异常滞重冗长,南方的梅雨滴滴答答个不停,我的小便也像梅雨一样解个不停。我恨室外的雨,更恨自己的出了毛病的肾脏,我恨煤炉上那只飘着苦腥味的药锅,也恨身子底下咯吱咯吱乱响的藤条躺椅,生病的感觉就这样一天坏于一天。

有一天班上的几个同学相约了一起来我家探病,我看见他们活蹦乱跳的模样,心里竟然是一种近似嫉妒的酸楚,我把他们晾在一边,跑进内室把门插上。我不是想哭,而是想把自己从自卑自怜的处境中解救出来。面对他们我突然尝受到了无以言传的痛苦,也就在门后偷听外面同学说话的时候,我才真正意识到我是多么想念我的学校,我真正明白了生病是件很不好玩的事情。

病榻上辗转数月,我后来独自在家熬药喝药,凡事严守医嘱。邻居和亲戚们都说:这孩子乖。我父母便接着说:他已经半年没沾一粒盐了。我想他们都不明白我的想法,我的想法其实归纳起来只有两条:一是怕死,二是想返回学校和不生病的同学在一起,这是我的全部的精神支柱。

半年以后我病愈回到学校,我记得是一个秋高气爽的日子,我在操场上跳绳,不知疲倦地跳,变换着各种花样跳,直到周围站了许多同学,我才收起了绳子。我的目的已经达到,我只是想告诉大家,我的病已经好了,现在我又跟你们一模一样了。

我离开了九岁的病榻,从此自以为比别人更懂得健康的意义。

六十年代，一张标签

生于六十年代，对我来说没什么可抱憾，也没什么值得庆幸的，严格地来说这是我父母的选择。假如我早出生十年，我会和我姐姐一样上山下乡，在一个本来与己毫不相干的农村度过青春年华；假如我晚生十年，我会对毛主席语录、批林批孔、反击右倾翻案风这些名词茫然不解，但这又有什么关系？所有的历史都可以从历史书本中去学习，个人在历史中常常是没有注解的，能够为自己作注解的常常是你本人，不管你是哪一个年代出生的人。历史总是能恰如其分地湮没个人的人生经历，当然包括你的出生年月。

生于六十年代，意味着我逃脱了许多政治运动的劫难，而对劫难又有一些模糊而奇异的记忆。那时还是孩子，孩子对外部世界是从来不作道德评判的，他们对暴力的兴趣一半出于当时教育的引导，一半是出于天性。我记得上小学时听说中学里的大哥哥大姐姐让一个女教师爬到由桌子椅子堆成的"山"上，然后他们从底下抽掉桌子，女教师就从"山顶"上滚落在地上。我没有亲眼见到那残酷的一幕，但是我认识那个女教师。后来我上中学时经常看见她,我要说的是这张脸我一直不能忘怀,因为脸上的一些黑紫色的沉积的疤瘢经过这么多年仍然留在了她的脸上。我要说我的那些大哥哥大姐姐们中间许多人是有作恶的记录的,可以从诸多方面为他们的恶行开脱,但记录就是记录,它已经不能抹去。我作为一个旁观的孩子,没有人可以给我定罪,包括我自己。这是我作为一个一九六三年出生的人比他们轻松比他们坦荡的原因之一,也是我比那些对"文革"一无所知的七十年代人复杂一些世故一些的原因之一。

中国社会曾经是一个很特殊的社会,现在依然特殊。我这个年龄的人在古代已经可以抱孙子了,但目前仍然被习惯性地称为青年,这样的青年看见真正的青年健康而充满生气地在社会各界闯荡,有时觉得自己像一个假冒伪劣产品。这样的青年看到经历过时代风雨的人在报纸电视谈论革命谈论运动,他们会对身边的年轻人说,这些事情你不知道吧?我可是都知道。但是他们其实是局外人,他们最多只是目击者和旁观者。六十年代出生的这些人,在当今中国社会属于承前启后的一代,但是他们恰恰是边缘化的一代人。这些人中有的在愤世嫉俗与随波逐流,有的提前迈入中老年心态,前者在七十年代人群中成为脸色最灰暗者,后者在处长科长的职位上成为新鲜血液,孤独地兀自流淌着,这些人从来不考虑生于六十年代背后隐藏了什么潜台词。这些人现在是上有老下有小的一代,同样艰难的生活正在悄悄地磨蚀他们出生年月上的特别标志。这一代人早已经学会向现实生活致敬,随它去吧。

  一代人当然可以成为一本书，但是装订书的不是年月日，是一个一个一个一个的人。写文章的人总是这样归纳那样概括，为赋新词强说愁，但是我其实情愿制造一个谬论：群体在精神上其实是不存在的。就像那些在某个时间某个妇产医院同时降生的婴儿，他们离开医院后就各奔东西，尽管以后的日子里这些长大的婴儿有可能会相遇，但有一点几乎是肯定的：他们谁也不认识谁。

错把异乡当故乡

　　十八岁离开家乡以前，我所去过的最远的一个城市就是南京。那是一次比较特别的旅行，不是为了浏览，不是为了探亲，当时有来自全省的数百名学生聚集在建邺路上的党校招待所里，参加一个大规模的中学生作文竞赛，那次竞赛我名落孙山。记得在返回苏州之前我们一大群人停留在火车站前的广场上，忽然发现玄武湖就在眼前，不知是谁第一个跑到了湖边，我们纷纷尾随过去；也不知是谁第一个在湖边开始洗手，一大群中学生沿着湖岸一字排开，大家都把手伸进湖水里，很认真地洗了一回手。我至今仍然记得那群蹲在湖边洗手的少男少女的音容笑貌。二十年过去以后所有人手上的玄武湖水已经了无印痕，而我却在无意之中把那掬湖水融进了我的未来。当年那群等待回家的苏州中学生中，也许只有我一个人日后留在玄武湖边。

　　选择南京做居留地是某种人共同的居住理想。这种人所要的城市不大不小，不要繁华喧闹也不要沉闷闭塞，不要住在父母的怀抱里但也不要离他们太远，这种人无法拥有自己的花园却希望他居住的城市风景如画,这种人希望自己智商超群精明强干却希望别人纯朴憨厚关心他人。我大概就是这种人,所以在我二十二岁那年我自愿成为一个南京人,至今已经做了十几年南京人,越做越有滋味。

除了冬夏两季的气候遭到了普遍的埋怨,南京几乎是一个人见人爱的地方,许多城市是绿化城市,但南京街道上的华盖似的梧桐却无与伦比(南京人溺爱这些树因而原谅了春天树上飘下的茸毛,春天你可以看见许多骑自行车的人在头上身上拍打那些茸毛,脸上的表情却无怨无恨)。许多城市都有一个或几个值得本地人骄傲的风景区,外地人去了就褒贬不一,但是南京的中山陵却是一种王尊地位。当你登临中山陵最高处极目四眺,方圆数里之内一片林海,绿意苍苍,你会发现这个城市之美不同凡响。紫金山与长江不再是什么天然屏障,它们使南京永远受到了山水的孕育,东郊的林海则是一只巨大的绿色的枕头,每天夜里它对着太平门耳语一把,睡吧,南京,南京就睡了。每天早晨它对着中山门说,醒来吧,南京,南京就醒来了。

六朝古都的睡眠不会太长,南京醒来了。在从前帝王们的车马经过的地方,南京人的自行车匆匆而过;在新街口一带的工地上,打桩机根本不顾明孝陵下太子王妃的幽魂对噪音有何看法,一心要为建设新南京而发出它的狂叫。在城南的某条古老的小巷里,某个老妇拎着一只古老的马桶走过古老的秦淮河,但是她已经不能随手在河里倒马桶,她必须把它倒在公共厕所的化粪池里——南京虽然还没有消灭马桶,但是就连上海都还没有消灭马桶呢,南京为什么要这么着急呢。

着急不是南京人的性格,虽然南京人说话听上去显得很着急,这几年人人都想发财,南京人也想得慌,但是他们因为不着急许多事就比别的地方慢半拍。当南京人来到深圳海口淘金时那里已经人满为患,他们就回来了。当南京人发现别人生产假货劣品大发其财时,他们伤心地意识到作为一个南京人是发不了这种大财的。他们于是就想发小财,他们想还回家做盐水鸭吧,反正南京人吃盐水鸭吃不够,即使卖不掉也没关系,反正自己也吃不够。

南京人也符合我对人群的理想,所以我在南京一直生活得自得其乐。今年夏天的某一天,忽然游兴大发,想到在南京这么多年,许多朋友嘴里的幽美之地还没去过,就携妻子女儿往东郊而去。因为不是假日,游人寥寥,一家人从藏书阁小径进入百年树荫,一路探幽至灵谷寺,途中不闻人声但闻鸟语流泉,心中便有一奇异的甜蜜的感觉,好像这个地方是自己家的,好像是自己向自己炫耀了一件宝物,结果自己很满足也很幸福。

也许这很自然,一个人如果喜欢自己的居住地,他便会在一草一木之间看见他的幸福。多少人现在生活在别处,在一个远离他生命起源的地方生活着,生活得没有乡愁,没有哀怨,生活得如此满足,古人所谓"错把异乡当故乡"的词句大概也就源于此处吧。

八百米故乡

在我的字典里,故乡常常是被缩小的,有时候仅仅缩小成一条狭窄的街道,有时候故乡是被压扁的,它是一片一片记忆的碎片,闪烁着寒冷或者温暖的光芒。所谓我的字典,是一本写作者的字典,我需要的一切词汇,都经过了打包处理,便于携带,包括故乡这个沉重而庞大的字眼。

每个人都有故乡,而我最强烈的感受是,我的故乡一直在藏匿,在躲闪,甚至在融化。更重要的是,它是一系列的问号:什么是故乡?故乡在哪里?问号始终打开着,这么多年了,我还在想象故乡,发现故乡。

一九八二年夏天,在一条名叫齐门外大街的街道上居住了二十多年之后,在把四个子女都养大成人之后,我父母乔迁新居,从苏州城最北端的那条老街上继续往北五百米,过一座桥,再穿越一条很短很狭窄的街道,左手是我母亲工作的水泥厂,右手的工厂宿舍楼,就是他们的新家。这次乔迁的直线距离,没有超过八百米,当时我在北京上大学,在千里之外,对新家充满了热情的想象,因为那是新工房,在三层楼上，新居的高度和抽水马桶、阳台之类的东西已经让我足够兴奋。我清楚地记得暑假回家的第一个下午，我在新居的阳台上眺望着远近的风景，怀着一种新生的心情。远的风景，正面方向是水泥厂工厂区白色的大烟囱和水泥窑，侧面远眺，能看见一家炭黑厂黑色的烟囱和黑色的厂房，在水泥窑的后面，有京沪铁路通过，可惜水泥窑能看见铁路和火车，我看不见。我从小生活的旧屋，其实就在东南方向八百米处，我视线能及的地方，但是其他的房屋挡住了那旧屋，我什么也看不见。那是很多年来我们家的第一次搬迁，是在对环境污染一无所知的年代里，我们从一家化工厂的对面搬到一家水泥厂和一家炭黑厂之间，从苯干生产污染的空气里扑向水泥粉尘和炭黑粉尘的怀抱，空气质量对我们每一个家庭成员并没有太多的妨害，唯一的问题是日常生活的直径改变了，正负八百米，我父亲去市中心上班，自行车要多走八百米。我母亲上班少走八百米，可是去看望我外祖母和舅舅母们要多走八百米，对我来说，八百米是一次直径的扩展，美中不足的是这次扩展规模太小，我的生活从一条街到另外一条街，仅仅延伸八百米，不能遗忘什么，也不能获得什么。那年夏天，我第一次意识到了故乡这个字眼，可是我所想象的故乡似乎并不存在于这八百米的世界里。

　　八百米成为一个象征，就像一个人发现故乡的路，很短，也很长。

　　八百米的世界，对我们一家，曾经是一种宿命。唯一不同的是一九八二年夏天的搬迁，让我母亲的这个家族分开了，分开八百米，不算很远，但也不很近。这使我母亲在腌咸菜的季节里格外头疼，腌菜的大缸没法搬到新居里去，而且，我母亲特别信任我二舅的脚，认为只有他踩出来的腌菜才好吃，现在，缸没有了，踩缸的"脚"也不在身边，只好放弃腌菜了。搬家也给我造成一点麻烦，明显大于腌菜的麻烦，我要听从母亲的吩咐，走亲戚，暑假或者春节，每年最起码两次，要走八百米的路，回到旧屋里，见过我外祖母，见过我的大舅大舅母和二舅二舅母，我从127号一个大家庭的一员，变成了一个亲戚，一个客人。这种新的身份让我感到新奇，又很不自在。而我的家的房子，由于是公房，已经被调配给了一个陌生的家庭，我好奇地打量过从前的家，非常怅然地发现，那确实不是我的家了，那户人家粉刷了墙壁，改变了房子的格局，也改变了我母亲家族聚居的格局，不是陌生人融入了这个家族，就是这个家族融入了陌生人的生活。

而我们这个家庭，最初就是这个街区的陌生人。我父母是从镇江地区扬中岛上来到苏州的移民。在上世纪八十年代以前，我所有的身份资料上的籍贯一栏，填写的是扬中县，籍贯填写成苏州，是八十年代以后的要求，这个要求忽略了父辈的来历，强调了出生地的重要。自此，我的身份才与苏州发生如此紧密的联系。

我们这个家庭有点特别，几家人聚拢在一起，在一个新的居留地过着家族式的生活，似乎就是为下一代更改故乡的名字。但故乡的名字是不容易改变的，我们家周围的邻居,大多是苏州的老居民,他们早已接纳了我们这个家庭。但是,对于我们127号和125号的日常生活,毕竟是有点好奇的,而语言问题首当其冲。语言在我们这个家族里无法统一,我外祖母不会说苏州话,我大舅母不会说扬中话,我的父母和舅舅们则交替使用家乡方言和苏州话,他们互相之间用家乡话交流,对孩子们对外人都说流利的苏州话。

长辈们的家乡方言,在很长一段时间里让我们这些孩子感到恐惧,就像一个隐私,唯恐给外人听到,可惜的是,这隐私无法藏匿,因为长辈们从不以他们的家乡为耻。扬中岛的方言,听起来接近苏北话,而苏州这个城市的市民文化与上海相仿,地域歧视从来都是存在的,苏北话历来被众人所不齿。尤其是我的姐姐和表姐们,一旦与别的女孩子发生口水仗,必然会因为长辈们的口音受牵连。无论他们怎么强调扬中岛位于扬子江江心,属于镇江地区,镇江地区是在江南,与苏北无关,怎么强调都是无济于事,通常他们得到的回答是,镇江话也是苏北话,不管你们的老家在江南还是江北,反正你们不是苏州人,是苏北人!

我们家的下一代,都为上一代的家乡辩解过,为地理位置辩解,为语音所属方言辩解,出于虚荣心,或者就是出于恼怒,当你为父母的口音感到恼怒时,你如何体会故乡这个字眼带来的荣耀?相反,下一代体验的是一种隔绝故乡和遗忘故乡的艰难。说到底,孩子们是没有故乡的,更何况,是我们这些农村移民的孩子。

失散,团聚,再失散,是我母亲的家族在扬中苏州两地迁徙生息的结局,没有土地的家族将永远难逃失散的命运。我母亲的家族在几十年的艰难时世里一直聚合在一起,是一个亲密的家族圈的生活,但最终,在一个快速发展变化的时代里,一切烟消云散,这个家族的第一代第二代,还有第三代,最后是失散了。五年前,随着苏州齐门外大街的拆迁重建,我的大舅和三舅妈都被安置在了别的居民小区。同样的,由于亲戚关系的不可避免的疏远,我甚至从来没有去过他们的新家,我在苏州城里有好多表姐表哥,但我不知道他们住在哪个地方,他们的孩子纷纷到南京来求学,我设法找到他们,把这些年轻的大学生叫到家里来,吃一顿丰盛的晚餐。晚餐过后,接到那些表姐的电话,是致谢的电话,之后,又恢复漫长的疏远,联系中断了。我童年时代热闹的家族圈生活完全萎缩了,家族对于我来说,仅仅是由直系亲属组成,每次回到苏州,我的足迹仅限于我父亲的家我兄弟姐妹的家,甚至他们都不在一个屋檐下生活,每一家之间的距离都很遥远,远远超过八百米,对我来说,超过八百米,故乡便开始模糊,开始隐匿,至此,我的八百米的故乡已经漂浮不见了。

所以我说,这么多年了,我还在想象故乡,发现故乡。

我去了我父母的故乡扬中,满眼生疏,父辈在此留下的痕迹已经无从追寻,我现在回到苏州,回到苏州城北,我以前曾经有过的八百米故乡,什么都不见了,只留下两座清代同治年间的石拱桥,一南一北,供人们凭吊,我发现在拆除了古旧的房屋之后,城北地区变得很空旷,同时也很小,那两座桥之间,现在看起来,八百米也不到!

  所以,我怀疑我的八百米故乡也仅仅是错觉。我内心需要一个多大的故乡?我需要的故乡究竟在哪里?我知道吗?也许我并不知道。所以我说,直到现在,我还一直在想象故乡,发现故乡。

二十年前的女性

对于女性的印象和感觉，年复一年地发生着变化。世界上基本只有两类性别的人，女性作为其中之一，当然也符合事物发展变化的基本规律，因此一切都是符合科学原理和我个人的推测预料的。

二十年前我作为男童看身边的女人，至今还有清晰的记忆。恰逢二十世纪七十年代的动荡社会，我的听觉中常常出现一个清脆又洪亮的女人的高呼声，×××万岁，打倒×××，那是街头上高音喇叭里传来的群众大会的现场录音，或者是我在附近工厂会场的亲耳所闻。女性有一种得天独厚的嗓音，特别适宜于会场上领呼口号的角色，这是当时一个很顽固的印象。

七十年代的女性穿着蓝、灰、军绿色或者小碎花的上衣，穿着蓝、灰、军绿色或者黑色的裁剪肥大的裤子。夏天也有人穿裙子，只有学龄女孩穿花裙子，成年妇女的裙子则是蓝、灰、黑色的，裙子上小心翼翼地打了褶，最时髦的追求美的姑娘会穿白裙子，质地是白的确良的，因为布料的原因，有时隐约可见裙子里侧的内裤颜色。这种白裙引来老年妇女和男性的侧目而视，在我们那条街上，穿白裙的姑娘往往被视为"不学好"的浪女。

女孩子过了十八岁大多到乡下插队锻炼去了，街上来回走动的大多是已婚的中年妇女，她们拎着篮子去菜场排队买豆腐或青菜，我那时所见最多的女性就是那些拎着菜篮的边走边大声聊天的中年妇女。还有少数几个留城的年轻姑娘，我不知道谁比谁美丽，我也根本不懂得女性是人类一个美丽的性别。

我记得有一个五十岁左右的苍白而干瘦的女人，梳着古怪的发髻，每天脖子上挂着一块铁牌从街上走过，铁牌上写着"反革命资本家"几个黑字，我听说那女人其实是某个资本家的小老婆。令我奇怪的是她在那样的环境里仍然保持着爱美之心，她的发髻显得独特而仪态万方。这种发型引起了别人的愤慨，后来就有人把她的头发剪成了男人的阴阳头。显示着罪孽的阴阳头在街头上随处可见，那个剃了阴阳头的女人反而不再令人吃惊了。

那时候的女孩子择偶对象最理想的就是军人，只有最漂亮的女孩子才能做军人的妻子，退而求其次的一般也喜欢退伍军人。似乎女孩子和她们的父母都崇尚那种庄严的绿军装、红领章，假如街上的哪个女孩被挑选当了女兵，她的女伴大多会又羡又妒得直掉眼泪。

没有哪个女孩愿意与地、富、反、坏、右的儿子结婚，所以后者的婚配对象除却同病相怜者就是一些自身条件很差的女孩子。多少年以后那些嫁与"狗崽子"的女孩恰恰得到了另外的补偿,拨乱反正和落实政策给她们带来了经济和住房以及其他方面的好处。多少年以后她们已步入中年,回忆往事大多有苦尽甘来的感叹。

有些女孩插队下乡后与农村的小伙子结为伴侣,类似的婚事在当时常常登载在报纸上,作为一种革命风气的提倡。那样的城市女孩子被视为新时代女性的楷模。她们的照片几乎如出一辙:站在农村的稻田里,短发、戴草帽、赤脚,手握一把稻穗,草帽上隐约可见"广阔天地,大有作为"的一圈红字。

浪漫的恋爱和隐秘的偷情在那个年代也是有的,女孩子有时坐在男友的自行车后座上,羞羞答答穿过街坊邻居的视线。这样的傍晚时分女孩需要格外小心,他们或者会到免费开放的公园里去,假如女孩无法抵御男友的青春冲动,假如他们躲在树丛后面接吻,极有可能遭到联防人员的突袭,最终被双双带进某个办公室里接受盘诘或者羞辱。敢于在公园谈恋爱的女孩有时不免陷入种种窘境之中。

而偷情的女性有着前景黯淡的厄运,就像霍桑《红字》里的女主角,她将背负一个沉重的红字,不是在心灵深处。没有人同情这样的女性,没有人对奸情后面的动因和内涵感兴趣,人们鄙视痛恨这一类女人,即使是七八岁的小孩。我记得我上小学时有两个女同学吵架,其中一个以冷酷而成熟的语气对另一个说,你妈妈跟人轧姘头,你妈妈是个不要脸的贱货!另一个以牙还牙地回敬说,你妈妈才跟人轧姘头呢，让人抓住了，我亲眼看见的。

　　为什么没有人去指责或捏造父亲的通奸事实？对于孩子们来说这很奇怪。如此看来人类社会不管处于什么阶段，不管是在老人眼里还是孩子眼里，人们最易于挑剔女性这个性别，人们对女性的道德要求较之于男性高得多。

　　前几年读波伏娃的《第二性》，很认同她书中精髓的观点，在我的印象中，女性亦是一种被动的受委屈的性别，说来荒诞的是，这个印象是七十年代我年幼无知时形成的，至今想来没有太多的道理。因为那毕竟是不正常的年代。

　　如今的女性与七十年代的女性不可同日而语，相信每一个男性对此都有深刻的认识，不必细细赘述。我要说的是前不久在电视里观看南京小姐评选活动时我的感慨，屏幕上的女孩子可谓群芳斗艳，流光溢彩，二十年沧桑，还女性以美丽的性别面目，男人们都说，惊鸿一瞥。而我在为七十年代曾经美丽的女孩惋惜，她们是否在为自己生不逢时哀叹不已呢？如今她们都是中年妇女了，她们现在都在哪里呢？

一份自传

我一九六三年一月二十三日出生于苏州家中。是小年夜的夜里。那夜我母亲原来准备去厂里上夜班的，仓促间把我生在一只木盆里。这当然是母亲后来告诉我的。

童年时代在苏州城北一条古老的街道上度过。那段生活的记忆总是异常清晰而感人。我的许多短篇小说都是依据那段生活写成，诚如许多评论家所说，是"童年视角""童年记忆"，这肯定是些幼稚单薄的东西，不好意思。

我从小就听话。在学校里听老师的话的，在家里听父母的话，在孩子堆里听孩子王的话，有一年我生了病，很严重的肾炎，医生不让我吃盐，我就听医生的话，将近半年时间没沾一粒盐。到了现在，我也依然很听话，听领导的话，父母的话，妻子的话，还有朋友的话。有一位朋友建议我去买一台微波炉，我就去买了，结果发现我根本不需要微波炉。我妻子说，不需要你就再卖给别人吧，便宜一点也行，于是我就把它降价卖给了别人。

我从来不具有叛逆性格和坚强的男性性格，这一点也让我不好意思。

　　我唯一坚定的信仰是文学,它让解脱了许多难以言语的苦难和烦忧,我喜爱它并怀着一种深深的感激之情,我感激世界上有这门事业,它使我赖以生存并完善充实了我的生活。

　　我小时候家境贫困,从来没有受到过修养的操练和艺术的熏陶。我有两个姐姐一个哥哥。我二姐喜欢文学,她经常把许多文学名著带回家中,那是她向别人借的。借期往往很短,三至五天,她一天看完轮到我看。我有时候在一个下午读完《复活》与《红与黑》,读得昏头昏脑,不知所云,但我仍然执着于这种可笑的不求甚解的阅读。也许因为这些书,使我回避了街头少年的许多不良恶习,我总是静坐家中,培养了某种幻想精神。

　　我上高中的时候就写过小说,还投稿了,结果当然是退。我还写诗,最初的诗写在一个塑料皮笔记本上,现在还留着。从来没再翻阅过,但我珍惜它们。

　　一九八〇年我考上北师大,九月初的一天我登上北去的火车,从此离开古老潮湿的苏州城。在经过二十个小时的陌生旅程后我走出北京站。我记得那天下午明媚的阳光,广场上的人流和10路公共汽车的天蓝色站牌。记得当时我的空旷而神秘的心境。

　　对于我来说,在北京求学的四年是一种真正的开始。我感受到一种自由的气息,我感受到文化的侵袭和世界的浩荡之风。我怀念那时的生活,下了第二节课背着书包走出校门，搭乘22路公共汽车到西四，在延吉冷面馆吃一碗价廉物美的朝鲜冷面，然后经过北图、北海，到美术馆看随便什么美展，然后上王府井大街，游逛，再坐车去前门，在某个小影院里看一部拷贝很旧的日本电影《泥之河》。

这时候我大量地写诗歌、小说并拼命投寄，终获成功，一九八三年的《青春》《青年作家》《飞天》和《星星》杂志初次发表了我的作品。我非常惧怕憎恨退稿，而且怕被同学知道，因此当时的信件都是由一位北京女同学转交的，她很理解我。以她的方式一直鼓励支持我。我至今仍然感激她。

大学毕业时我选择去南京工作，选择这个陌生的城市在当时是莫名其妙的，但事实证明当初的选择是对的，我一直喜欢我的居留之地，说不清是什么原因。我在南京艺术学院工作了一年半时间，当辅助员，当得太马虎随意，受到上司的白眼和歧视，这也不奇怪。因祸得福，后来经朋友的引荐，谋得了我所喜爱的工作，在《钟山》杂志当了一名编辑。至此我的生活就初步安定了。

一九八七年我幸福地结了婚。我的妻子是我中学时的同学，她从前经常在台上表演一些西藏舞、送军粮之类的舞蹈，舞姿很好看。我对她说是我是从那时候爱上她的，她不相信。一九八九年二月，我的女儿天米隆重诞生。我对她的爱深得自己都不好意思，其实世界上何止我一个人有一个可爱漂亮的女儿？不说也罢，至此，我的生活要被她们分割去一半，理该如此，也没有什么舍不得的。

就这样平淡地生活。

我现在蜗居在南京一座破旧的小楼里,读书、写作、会客,与朋友搓麻将,没有任何野心,没有任何贪欲,没有任何艳遇。这样的生活天经地义,心情平静、生活平静,我的作品也变得平静。

其他还有什么?没有什么可说的了。

母　校

我从来不知道我童年时就读的小学的老师一直记着我。我的侄子现在就在那所小学读书，有一次回家乡时，我侄子对我说：我们老师知道你的，她说你是个作家，你是作家吗？我含糊其辞，我侄子又说，我们×老师说，她教过你语文的，她教过你吗？我不停地点头称是，心中受到了某种莫名的震动。我想象那些目睹我童年成长的小学老师是如何谈论我的，想象那样老师现在的模样，突然意识到一个人会拥有许多不曾预料的牵挂你的人，他们牵挂着你，而你实际上已经把他们远远地抛到记忆的角落中了。

那所由天主教堂改建的小学给我留下的印象是美好而生动的，但我从未想过再进去看一看，因为我害怕遇见教过我的老师。我外甥女小时候也在那所小学上学，有一次我去接她，走进校门口一眼看见了熟悉的礼堂，许多往事掠过眼前，脚步神奇地变得恍惚不定，我想继续往校园深处走，但走了没多远恰好看见校长从办公室出来，那个熟悉的身影竟然使我望而却步，大概在几秒钟的犹豫之后，我慌慌张张地退到了小学的大门外。

偶尔地与朋友谈到此处,发现他们竟然也有类似的行为。我不知道这么做是不是好,我想大概许多人都有像我一样的想法吧,他们习惯于把某部分生活完整不变地封存在记忆中。

离开母校二十年以后,我收到了母校校庆七十周年的邀请函,母校竟然有这么长的历史,我以前并不知道,现在知道了,心里仍然生出了一些自豪的感觉。

但是开始我并不想回去,那段时间我正好琐事缠身。我父亲在电话里的一句话使我改变了主意,他说,他们只要半天时间,半天时间你也抽不出来吗?

后来我就去了,在驶往家乡的火车上我猜测着旅客们各自的旅行目的,我想那肯定都与每人的现实生活有密切关联,像我这样的旅行,一次为了童年为了记忆的旅行,大概是比较特殊的了。

一个秋阳高照的午后,我又回到了我的小学,孩子们吹奏着乐曲欢迎每一个参加庆典的客人。我刚走到教学楼的走廊上,一位曾教过我数学的女老师快步迎来,她大声叫我的名字,说,你记得我吗?我当然记得,事实上我一直记得每一位教过我的老师的名字,让我不安的是她这么快步向我迎来,而不是我以学生之礼叩见我的老师。后来我又遇见了当初特别疼爱我的一位老教师,她早已退休在家了,她说要是在大街上她肯定认不不出我来了,她说,你小时候特别文静,像个女孩子似的。我相信那是我留在她记忆中的一个印象，她对几千名学生的几千个印象中的一个印象，虽然这个印象使我有点窘迫，但我却为此感动。

就是那位白苍苍的女老师紧紧地握着我的手。穿过走廊来到另一个教室，那里有更多的教过我的老师注视着我。或者说是我紧紧地握着女老师的手，在那个时刻我眼前浮现出二十多年前一次春游的情景，那位女老师也是这样握着我的手，把我领到卡车的司机室里，她对司机说，这孩子生病刚好，让他坐在你旁边。

一切都如此清晰。

我忘了说，我的母校两年前迁移了前址。现在的那所小学的教室和操场并无旧痕可寻，但我寻回了许多感情和记忆。事实上我记得的永远是属于我的小学，而那些尘封的记忆之页偶尔被翻动一下，抹去的只是灰尘，记忆仍然完好无损。

洞

沿着河沟向前走，我看见了螃蟹和水蛇的居所。它们的居所坐落在沟堤逼仄的斜面上，是一些散乱的粗糙的洞，螃蟹洞略大一些，有一拳之径，水蛇洞则小得令人惊叹，水蛇们为自己建造了如此袖珍的家，你不得不承认人们所说的水蛇腰是世界上最细的腰。我弯着腰打量着那些洞，始终摆脱不了一个念头，我想知道洞的内部是不是大一些，我想用手伸进螃蟹洞里试一试，但我不知道螃蟹是否在家，我害怕它的两个大钳子，更害怕的是洞的内部那个幽暗的神秘的世界。我记得自己在童年时代是多么的胆小和保守，在最恰当的年龄，在最恰当的地点，我竟然放弃了探索洞穴世界的努力。

我见过更大更壮观的洞。在中国的南方，凡是具备石灰岩地貌的崇山峻岭，几乎都有或大或小的溶洞。有的洞被开发了，成为了当地的旅游资源，那些地下河和千姿百态的钟乳石出现在印刷精美的画册上，呼唤着热衷于旅行探幽的人们，别有洞天！别有洞天！人们对洞的好奇仿佛光明对于黑暗的兴趣，他们乘船穿越地下河，抬头仰望洞天世界，在导游的提醒和指点下，看见了无数神仙侠客妖魔鬼怪，他们或者在空旷的石灰岩坡上足生莲花，或者青面獠牙地倒挂在洞顶岩壁上——当然，都是由石笋、石柱扮演的角色，它们完成这些角色也得到了灯光和化装的帮助。值得深思的是和平年代人们对洞的处置方法，他们如今把这些隐秘幽暗的地下世界作为一部神话小说供人消遣，而在遥远的战争年代，在不太遥远的冷战时期，人们对洞充满了敬意，那是洞的纪年中最辉煌的岁月。人们对洞的敬意不只是对一个躲避战火的地点的敬意。如果说人们把大地的怀抱视若母亲的怀抱，他们对洞的感念之情则接近于孩子对外祖母的怀恋。这很自然，大地也有母亲，大地的母亲就是我这里论及的洞——就像我多年以前去过的燕山深处的一个村子，村子里的人把山坡上唯一的山洞称为姥姥洞。

　　阴暗潮湿的洞穴一直准备着，准备拯救阳光世界里的人，就像南斯拉夫导演埃米尔·库斯图里卡的电影《地下》中所描述的那个洞，那个神奇的宽广的地下世界，它成为战争中人们最好的家园。逃入地下的快乐和自由比退避三舍所包含的意义要丰富得多，有趣得多。那个智慧的导演在这部电影中向我们展示了洞或者地下世界的使命和责任，洞的仁慈使它接纳了所有需要逃避的人，官吏、平民、妓女和奸商们，包括猩猩、老虎和鹦鹉这些动物。洞中一日，地上百年，这种说法对地下世界的表述是消极的，而库斯图里卡的不同凡响之处在于他首次消除了人们对地下生活黑暗难耐的印象，他的地下世界人气旺盛，物品充足，美女如云，人欲横流，除了看不见太阳和月亮，简直可谓一个极乐世界。

这部电影让我一下联想起了三个伟大的作家：卡夫卡、陀思妥耶夫斯基和普鲁斯特。我相信库斯图里卡至少是受到了卡夫卡的影响，从某种意义上说，这部电影是卡夫卡《地洞》的延伸和扩展。这不重要，重要的是借助这一部电影和上述三人，我对洞的幻想从此显得具体而深邃，而且凭借着这份想象，我成了地洞爱好者。这是一件多么奇妙的事情，对于太阳的描述总是使我不知所云，对于大地的描述使我觉得失之空泛，而一个电影导演和三个作家对洞穴世界的探索让我心悦诚服，并且从内心得到了莫名的安慰！

我看见他们的亡灵栖息在洞中，卡夫卡、陀思妥耶夫斯基，还有普鲁斯特。卡夫卡的洞不加修饰，奥匈帝国时代的榉木桌子上残留着他在世时吃剩下的最后一片黑面包，短命的公务员如今已经不再需要任何食物，便宜了那只著名的长寿无疆的甲虫，它一直津津有味地啃食着跨世纪的黑面包。我看见了陀思妥耶夫斯基的洞，不在莫斯科，在他的流放地西伯利亚。这个洞更加阴冷，寒风从洞外面的白桦林里吹进来，积雪从洞口倒灌下来，没有火炉，主人瑟瑟发抖，正在绝望地等着下一次癫痫病的发作。稍微令人温暖一些的洞是普鲁斯特的，此洞非彼洞，它是用绛紫色天鹅绒精心装饰过的，有壁炉，有烛台，有胡桃木的大床，看上去金碧辉煌，但毕竟是一个洞，由于拒绝阳光和新鲜的空气，贵族的资产阶级的普鲁斯特就像一个患了肺痨的贫穷的矿工，嘴里咳着鲜血,对仆人一遍遍地讲述着斯旺的爱情,脑子里却幻想着夏吕尔斯先生的勾当。

我听见他们的文字向地下奔突的声音,他们重复一个令人不安的动作——他们挖洞,他们不适宜体力劳动,可他们坚持挖洞。可怜这些天才苍白的脸色,发紫的嘴唇,多病的羸弱的身体!而在另一个方面,他们对挖洞的必要性作出了最尖锐的、最深刻的孔武有力的表达。对于孤独的感悟使他们平静,对于生活的恐惧却又使他们乱了方寸,于是他们的文字成为一种奇迹,平静,但又狂躁,即使在他们的有生之年,他们的灵魂已经与身体若即若离,是他们的灵魂首先做了抉择,脱离地面,到地下去。到地下去!他们以倒栽葱的姿势完成了短暂的人生。世纪初的文坛如果悼念过这三个天才之死的话,只不过是把他们暴露在地面上的双脚塞进洞中而已,不应有过多的悲伤。

"我的地洞的最大优点是宁静。"这是卡夫卡对他的地下城郭的表述之一。可是宁静不是地洞守护者的唯一追求。令人震惊的是卡夫卡挖洞的方法。"从事这样一种劳动,我只能靠额头。所以,我不分白天黑夜,成千上万次地用额头去磕碰硬土,如果碰出了血,我就高兴,因为这是墙壁坚固的证明,而且谁都会承认,我的城郭就是用这个办法建成的。"习惯于健康生活的人们一定不能承受这种表白,而另外一些对洞的爱好者这时候却会热泪涟涟了,只有他们会善解人意地附和这个怪人:是呀,人有一个家不容易,人若有一个洞,一定更不容易了。

其实也容易，想想那些螃蟹，想想那些水蛇吧，它们能有洞，人为何不能有洞？洞只要足够大，能容一人之身，就可以做一个人最后的家园。这是上述三位伟大的作家和一位优秀的导演传授的经验。我想这个道理人们终将会举手同意，只是洞的选址比较关键，前面提及的库斯图里卡的电影中，地洞的入口是设在一个骗子家中，这很危险，也很麻烦，我如果要挖一个洞，一定要选一个最隐秘的地点，决不告诉骗子，甚至也不告诉朋友——不告诉任何人。

水缸回忆

不知道为什么，最近很怀念我们家的大水缸。

那口雄壮憨厚的大水缸已经从我家门边消失很多年了，也从我的生活中消失已久，突然地对那么个粗笨而实用的容器产生怀念之心，也许与创作有关，也许仅仅与生活有关。

我幼年时期自来水还没有普及，一条街道上的居民共用一个水龙头，因此家家户户都有一口储水的水缸，我记得去水站挑水的大多是我的两个姐姐，她们用两只白铁皮水桶接满水，歪着肩膀把水挑回家，带着一种非主动性劳动常有的怒气，把水哗哗地倒入缸中。我自然是袖手旁观，看见水缸里的水转眼之间涨起来，清水吞没了褐色的缸壁，便有一种莫名的亢奋，现在回忆起来，那是典型的属于儿童的内心秘密，秘密的核心是水缸深处的一只河蚌。

请原谅我向大人们重复一遍这个过于天真的故事，故事说一个贫穷而善良的青年在河边捡到一只被人丢弃的河蚌，他怜惜地把它带回家，养在唯一的水缸里。按照童话的讲述规则，那河蚌自然不是一只普通的河蚌，蚌里住着人，自然是仙女！不知是报知遇之恩，还是一下坠入了情网，仙女每天在青年外出劳作的时候从水缸里跳出来，变成一个能干的女子，给青年做好了饭菜放在桌上，然后回到水缸里去。而那贫穷的吃了上顿没下顿的青年，从此丰衣足食，在莫名其妙中摆脱了贫困。

我现在还羞于分析，小时候听大人们说了那么多光怪陆离的童话故事，为什么独独对那个蚌壳里的仙女的故事那么钟情？如果不是天性中有好逸恶劳的基因，就可能有等待天下掉馅饼的庸众心理。我不烧开水，可是我很喜欢去揭开我家的水缸盖，缸盖揭开的时候，一个虚妄而热烈的梦想也展开了，水缸里的河蚌呢，河蚌里的仙女呢？我盼望看见河蚌在缸底打开，那个仙女从蚌壳里钻出来，一开始像一颗珍珠那么大，在水缸里上升，上升，渐渐变大，爬出来的时候已经是一个正规仙女的模样了。然后是一个动人而实惠的细节，那仙女直奔我家的八仙桌，简单清扫一下，她开始来往于桌子和水缸之间，从水里搬出了一盘盘美味佳肴，一盘鸡，一盘鸭，一盆炒猪肝，还有一大碗酱汁四溢香喷喷的红烧肉（仙女的菜肴中没有鱼，因为我从小就不爱吃鱼）！

很显然，我从来没有在我家的水缸里看见童话的再现，去别人家揭别人家的水缸盖也一样，除了水，都没有蚌壳，更不见仙女。偶尔地我母亲从市场上买回河蚌，准备烧豆腐，我却对河蚌的归宿另有想法，我总是觉得应该把河蚌放到水缸里试验一下，我试了，由于河蚌在水里散发的腥味影响水质，试验很快被发现，家里人把河蚌从缸底捞出来扔了，说，你看看，辛辛苦苦挑来的水，不能喝了，你这孩子，聪明面孔笨肚肠！

我从来不认为自己笨，即使是这强迫性的幼年行为，我固执地剔除了智商因素，而把一切归咎于好奇心。我在费里尼的自传中读到过他幼年时代的好奇心，他肆无忌惮地回忆了儿时钻到餐桌底下打量女佣裙底春光的情景，还说"那里头又黑又难以亲近，对我而言毫无魅力"。我相信一个幼儿对女佣身体的探秘不是出于性欲，而是好奇，好奇心是一种奇妙的植物，即使长在幽暗的空间，最后也可能开出绚丽的花来。我在费里尼的电影里看见了好奇心开出的花朵，这也使我突然理解，为什么那么多艺术家都在作品中孜孜不倦地探索性，表达性，而唯独费里尼电影里的性那么童真，又那么亢奋，童真和亢奋结合，竟然变得那么温暖！对于费里尼同时代的其他孩子而言，最主要的影响来自带有法西斯主义思想的家庭、教会和学校，而对费里尼来说，性、马戏团、电影和意大利面条才是他思想的影响来源，性欲是他的自我摸索，马戏团是旅途偶遇，意大利面条是日常生活，而电影院是他人生第一次"惊艳"的地方，这是一个简洁而令人意外的事实，在费里尼那里，童年时代所有的好奇心、所有童稚的热情最后都汇集在一起"惊艳"，变成了艺术的冲动，变成了生产力。

我怀念那只水缸，其实是在怀念我的好奇心，我们那个时代的孩子，拥有毛泽东思想和狂热费解的政治生活以及简陋贫困的物质生活，并不吃亏，家家都有水缸，一只水缸足以让一个孩子的梦想在其中畅游,像一条鱼。孩子眼里的世界与孩子的身体一样有待发育,现实是未知的,如同未来一样,刺激性腺,刺激想象,刺激智力,什么样的刺激最利于孩子的成长? 我不清楚,但我感激那只水缸对我的刺激。

不仅是水缸,我也感激那个年代流传在街头的其他所有浪漫神秘或者恐怖的故事,童话有各种各样的讲述方法,在无人讲述的时候,就去听听水缸说了些什么。我一直相信,所有成人一本正经的艺术创作与童年生活的好奇心可能是互动的,对于普通的成年人来说,好奇心是广袤天空中可有可无的一片云彩,这云彩有时灿烂明亮,有时阴郁发黑,有时则碎若游丝,对人对事对物,好奇心的运动方式也类似云的运动,貌似轻盈实则诡秘莫测,飘浮不定,残存在成年人身上的所有好奇心都变得功利而深奥,有的直接发展为知识和技术。对人事纠缠的好奇心导致了历史哲学等人文科学,对物的无限好奇导致了无数科学学科和科技发明,也让我们一步步地跨入了物质文明,针对人的好奇心一半跨入文化艺术的门槛,在高处登堂入室,另一半容易走入歧途,走到低处去化为街谈巷议飞短流长,有时不免被"誉"为窥伺,窥探,或者叫窥探欲窥伺狂,几乎是别人头顶上的一片乌云了。而所谓的作家,他们的好奇心是被刻意地挽留的,在好奇心方面扮演的角色最幸运也最蹊跷。他们似乎同时拥有幸运和不幸,作家的好奇心是被自己和他人怂恿过的,也被文字组织和人物心理所怂恿,他们的好奇心包罗万象,因为没有实用价值和具体方向而略显模糊。凭借一颗模糊的好奇心，却要对现实世界作出最锋利的解剖和说明，因此这职业有时让我觉得是宿命，是挑战，更是一个奇迹。

　　一个奇迹般的职业是需要奇迹支撑的，我童年时期对奇迹的向往都维系在一只水缸上了，时光流逝，带走了水缸，也带走了一部分奇迹。我从不喜欢过度美化童年的生活，也不愿坐在回忆的大树上卖弄泛滥的情感，但我决不忍心抛弃童年时代那水缸的记忆。水缸从我的生活中消失了，可是这么多年我其实一直在写作生活中重复那个揭开水缸的动作，谁知道这是等待的动作还是追求的动作呢？从一只水缸中看不见人生，却可以看见那只河蚌，从河蚌里看不见钻出蚌壳的仙女，却可以看见奇迹的光芒。

　　美国诗人E.E.卡明斯三十一岁时写了一首诗，差不多像一个孩子幼稚的涂鸦，我却莫名地喜欢，摘录几句如下：

　　　　谁知道月亮是不是
　　　　一只气球，来自天上的
　　　　一座漂亮城市——
　　　　那里到处是可爱的人们！

　　月亮肯定不是一个气球，天上的漂亮城市是有的，但肯定是海市蜃楼，漂亮的城市里人们都很可爱吗？我看不一定，再漂亮的城市里也会住着几个凶恶丑陋的杀人犯——可是这样写诗却是真的可爱！

　　我没有更多的修辞方法了，还是要说水缸。我最后要感激水缸的是它庞大芜杂的象征意味，我们的现实生活也是一只巨大的水缸，这水缸里的水一日少于一日，一日浑于一日，但有了那个蚌壳里的仙女的存在，我们可以乐观，既然她会做饭，应该也会提供饮用水或者生活用水，因此我们必须相信水缸。

相信水缸就是相信生活。

牛车水、榴莲及其他

　　这一定是我到过的最近赤道的城市，她的闷热的空气和毒箭似的阳光不是突然袭击，是每一个外来的旅行者有所准备的，因此新加坡总是热得问心无愧，也因为问心无愧，热得不免有点疯狂，我走出旅馆的大门，感到什么东西热辣辣地倾倒在我身上，一定神，才醒悟到那不是什么异常的物质，不过是新加坡正午的阳光罢了。

　　我到牛车水去，这个名字莫名其妙地让我兴奋，而且喜欢，我告诉接待我的朋友说，要去牛车水看看，她用一种同情的目光看着我，那样的目光大概是表示对我这种被旅行手册毒害了的人的同情，但她还是告诉我去牛车水的路，建议我坐地铁去。她说，离这里很远，但走路去太阳太晒了，这个时候，我们一般不出门的。

　　但我到了一个陌生国度，最喜欢的就是出门。我到了牛车水就知道牛车水已经与牛、车、水都没有关系了，与整个洁净的富丽堂皇的花园国度相比，这似乎是唯一一个未经修饰的花坛。牛车水只是一个传统华人街区，街上没有什么人，密集的店铺和衣着随便的商贩以一种懒散的热带风度应对着路人，电风扇、拖鞋、短裤、廉价商品、南洋红花油、白树油、肉骨汤、叻撒、潮州会馆、按摩房、私人诊所、博物馆，都不卑不亢地做着类似的手势，买也行，不买也行，吃点也行，不吃也行，进来也行，不进来也行。是的，逛一逛就行，天气太热了，我满头大汗在牛车水一带走，内心不时被一个低智商的疑问折磨着，这牛车水为什么看着这么亲切，也许是因为它像我到过多次的老广州老厦门吧。

  我住的旅馆就在新加坡河岸边，一座小桥，直接通到对面河边的小街上，一入夜小街那边的灯光就很有节制地辉煌起来，岸上错落有致的植物一下就显出一种旖旎的绿色，并且把园艺工人的苦心也以几何形状勾勒出来了。临河而设的酒吧和餐厅迎来了黑压压的不知从何而来的客人，河边的风景像流行歌手那英一样提醒我，白天不懂夜的黑，这黑是灯光下的黑，因此黑得欢乐，黑得富足而祥和。对于我这样来去匆匆的游客而言，很容易记住新加坡白天炎热的寂静的街道，也容易被河边灯光下的杯盘交错所吸引，约了朋友去到那灯光下，喝了些啤酒，吃了非常美味的黑胡椒炒膏蟹，突然却迷惑起来，白天和黑夜，到底哪个代表新加坡的心情呢？

  好多年前我去过马来西亚，从吉隆坡到马六甲，从槟城到云顶，那个国家让我时不时地想起南洋这个字眼，椰林、橡胶林，并且眼前多次浮现出来自闽粤的劳工在晨曦初露时割胶的画面。在新加坡，我只是从旅馆到牛车水，最远到了鱼尾狮附近的海面上，这国家的面积不能满足我这样的旅行者山河湖海到此一游的庸俗野心，甚至她的南洋风情也已经被塑造成一个迷你型大花园了，从新加坡到新加坡，转眼之间旅程结束，但是恰好是这个小小的国家，让我第一次在身处异国的时候想起更加遥远的第三个国家。

离开新加坡的最后一个晚上，一个画家朋友带我们几个去吃榴莲，不是普通地吃，是带有一点探险地吃，我们开着车去画家熟悉的一个榴莲摊子先吃了一气儿，此为榴莲正餐，然后画家朋友说带我们去另一个地方吃榴莲夜宵，汽车就穿过了一段黑漆漆的公路，黑暗中突然出现一盏蝇头小灯，挂在一片树林中，灯下竟然也是一个榴莲摊，一个汉子威严地守在灯下，在黑暗中守候着他的客人。

我一直纳闷此夜榴莲之行为什么如此丰盛而繁复，但画家说这摊子上的榴莲都采自马来西亚的某处高山上，不是一般的榴莲。我突然就想到了早已模糊的马来西亚的风景，想到多年以前我在槟城城外的一条公路边第一次吃榴莲的情景，也是在树下，但是在热带的阳光和公路的尘土中吃，卖榴莲的是一个戴斗笠的黑衣老妇人。我想印度尼西亚会不会也有榴莲，南美洲的一些赤道沿线的国家会不会有榴莲，最后我竟然想起海南岛的椰林和椰子来了，我当然不好意思把飞翔的思绪告诉给他们听，但有一句话我可以很礼貌很得体地告诉那些新加坡的朋友，正是新加坡，让我感觉到世界很大很大。

苏州北局

　　北局,光是这个地名就透出了莫名的沧桑感,让人不敢忽略其中沉淀的故事。但我大概是不擅讲古的文人,所以我要说的仍然是我自己与北局的故事。

　　苏州人知道所谓北局就是著名的观前街后面的小广场,是一个并无特色甚至有点沉闷无趣的广场。这个地方的存在当然是很有些年头了,我不知道从前的北局是何等模样,但自从我有记忆以来,这个地方一直是我心目中苏州的中心。我在异乡生活多年,只要想起苏州城,很自然地就想起北局这个地方,想起北局的人民商场,开明、大光明、延安三家影剧院以及那个我未进去过的苏州书场,甚至还会想起我在广场边的大堆自行车群中急切地寻找我父亲的自行车时的窘状——我从学会骑车以后就经常将我父亲心爱的自行车骑到北局去,不记得都是去干什么的,只是记得在那里荒废半天时光以后,天就快黑了,天色渐晚就慌忙赶往家,偏偏就找不到自行车了。

　　对北局的记忆始于"文革"后期的普及样板戏浪潮,我上小学的时候学校经常组织孩子们去看电影院里周而复始的《红灯记》《沙家浜》，一群住在苏州城北的小学生，排着队，唱着革命歌曲，穿过大街小巷，步行大约三公里路程，来到北局，有时在长征（就是现在的大光明）电影院，有时在延安（现在保留了原名）电影院，看早已耳熟能详的电影，心中仍然充满节日般的快乐。不得不说的是孩子们在提倡艰苦朴素的年代里也表现出了人贪图享受的本性，所有的孩子都希望能在延安电影院看电影，原因很简单，因为那里的座椅是沙发座，而斜对面的长征电影院每一张座椅都是硬板凳。

　　现在我仍不能解释为什么在少年时期一次次骑车去北局，其原因或许很简单，因为我住的那条街上除了几家卖油盐酱醋的店铺，除了一些日久生厌的人脸，什么也没有。当我来到北局就来到了苏州城的中心，看到一个热闹的人来人往的地方对我很必要，听到人群中有人操东北口音、上海口音、北京口音，我就觉得苏州在中国，中国在地球上，而地球很大。这种联想使我振奋，因此在东张西望之余，我在北局一次次憧憬着我的未来，一次次地想象我将来的生活。

　　我想不起当年在北局的梧桐树下发生过什么大事情了。我与我妻子热恋的时候已在外地工作，于苏州成为一个匆匆过客，偶尔相携去当时开明戏院楼下的西餐馆吃一番，还带着我上中学的妻妹，不是通常的苏州青年相约小公园的味道。现在让我回味的倒是一个姓刘的戴眼镜的少年，二十年过去了，我还记得他的脸——是另外一个中学的学生，很聪颖也很沉默。我们相识于一个语文夏令营里，在夏令营里我年龄最小，又兼生性乖僻不会与人相处，本不指望结交朋友，但刘姓少年却不嫌弃我，总是与我走在一起（大概他觉得我们俩交朋友合适）。营期结束临别时他借给我《钢铁是怎样炼成的》看，约好三天后将书还他，见面地点就定在北局小公园。我记得三天后我们在小公园见面的情景，他从书场那连接弄堂里走来，脸上带着拘谨的笑意，我大概也一样，我把书还给他，甚至不知道要谢谢人家。什么话也没有，我们俩站在小公园的中央，面面相觑地坚持了一分钟，他说：我走了。我说：我也走了。就分手了。

我当年在北局有可能丢失了一个朋友，像我这种性格的人，好不容易遇到一个可以做朋友的同类，却看着他从北局消失了，而且是从我生活中永远消失了——我以后再也没见过这个姓刘的少年。想想总是有点酸楚，觉得自己几乎是一个傻瓜。后来我不止一次地想起刘姓少年，尤其是来到北局的时候，我问自己：你站在这里，看看你，看看他，又不和别人说话，到底是想干什么呢？

其实我至今不能描述当年的心情，我记住的只是北局这个地方。一个人的生命在许多地方能够留下痕迹，生活本身就洗涤一些，另一些留住了，留住的你必须记住。

一个城市的灵魂

几年前一个夏天的傍晚，与一个来自北方的朋友在明孝陵漫步，突然觉得有一件意外的事情正在发生。这意外首先缘自感官对一个地方的特殊气息的敏感，我们在那个炎热得处处流火的日子里，抬手触摸到这座陵墓的石墙，竟然感到了一种湿润的冰凉的寒意，感到石墙在青苔的掩饰下做着一个灰色的梦，这个梦以凤阳花鼓为背景音乐，主题是一个名叫朱元璋的皇帝。我们的鼻腔里钻进了一股浓郁的青草或者树叶默默腐烂的气味，这气味通常要到秋天的野外才能闻到，但在明孝陵，腐烂的同时又是美好的季节提前来到了。

所以我说，那天我在明孝陵突然撞见了南京的灵魂。

十八岁离开家乡之前，我去过的最远的城市就是南京。那是一次特殊的旅行，当时有来自江苏各地的数百名中学生聚集在建邺路的党校招待所里，参加一个大规模的中学生作文竞赛。三天时间，一天竞赛，一天游览，一天颁奖。现在我已经忘了那三天的大部分细节了，因为我名落孙山，没有资格品尝少年才俊们光荣的滋味，相反的我记得离开南京时闷热的天气,朝天宫如何从车窗外渐渐退去,白下路太平南路上那些大伞般的梧桐树覆盖着寥落的行人和冷清的店铺,这是一座有树荫的城市。它给我留下了非常美好的印象,后来我们一大群人在火车站前的广场候车,忽然发现广场旁边的一大片水域就是玄武湖。不知是谁开了头,跑到湖边去洗手后,大家纷纷效仿,于是一群中学生在玄武湖边一字排开,洗手。当时南京的天空比现在蓝,玄武湖的水也比现在清,我记得那十几个同伴洗手时泼水的声音和那些或者天真或者少年老成的笑脸。二十多年过去以后,所有人手上的水滴想必已经了无痕迹,对于我,却是在无意之中把自己的未来融进了一掬湖水之中。除了我,不知道当年那群中学生中还有谁后来生活在南京?

　　这是一个传说中紫气东来的城市,也是一个虚弱的凄风苦雨的城市,这个城市的光荣与耻辱比肩而行,它的荣耀像露珠一样晶莹而短暂,被宠信与被抛弃的日子总是短暂地交接着,后者尤其漫长。翻开中国历史,这个城市作为一个政权中心作为一国之都,就像花开花落那么令人猝不及防,怅然若失。这个城市是一本打开的旧书,书页上飘动着六朝故都残破的旗帜,文人墨客读它,江湖奇人也在读它,所有人都感觉到了这个城市尊贵的气质,却不能预先识破它悲剧的心跳。八百年前,一个做过乞丐做过和尚的安徽凤阳人朱元璋,在江湖奋斗多年以后,选择了应天作为大明王朝的首都,南京在沉寂多年后迎来了风华绝代,可惜风华绝代不是这城市的命运,很快明朝将国都迁往北京,将一个未完成的首都框架和一堆王公贵族的墓留在了南京。一百多年前,一个来自广东的"拜上帝会"的不成熟的基督徒洪秀全,忽然拉上一大帮兄弟姐妹揭竿而起,一路从广西杀到南京,他也非常宿命地把这个城市当作太平天国的目的地,可是这地方也许有太平就无天国,也许有天国就无太平,一个湖南人曾国藩带着来自他家乡的湘军战士征伐南京城,踏平了洪秀全的金銮梦。

迷信的后人有时为明朝感到侥幸,即使是建文帝的冤魂在诅咒叔叔朱棣的不仁不义的同时,也应该感激朱棣的迁都之举,也许这一迁都将朱明江山的历史延长了一百年甚至二百年。

多少皇帝梦在南京灰飞烟灭,这座城市是一个圈套重重的城市,它从来就不属于野心家,野心家们对这王者之地的钟爱结晶是自讨苦吃。似乎很难说清楚这城市心仪谁属于谁,但是它不属于谁却是清楚的。

如今我已经在南京生活了多年。选择南京作为居留地是某种人共同的居住理想。这种人所要的城市上空有个灿烂的文明大光环,这光环如今笼罩着十足平民的生活。这城市的大多数角落里,推开北窗可见山水,推开南窗可见历史遗迹。由于不做皇帝梦,不是什么京城,所以城市不大不小为好,在任何时代都可徒步代车。这一类人不爱繁华喧闹也不爱沉闷闭塞,无法拥有自己的花园但希望不远处便有风景如画的去处。这类人对四周的人群默默地观察,然后对比自己,得出一个结论,自己智商超群精明强干,而他们淳朴厚道容易相处。这类人如果是鱼,他们发现这座城市是一条奔流着的却很安宁的河流。无疑地,我就属于这样的人,我身边还有很多朋友,他们的职业几乎都是一种散漫的自我中心的职业,写作,绘画,他们在这里生活得非常自得,这局面似乎是一种不劳而获的胜利,皇帝们无奈放弃的城市,如今成了这类人的乐园。

除了冬夏两季的气候遭到普遍的埋怨,外来者们几乎不忍心用言辞伤害这个城市平淡安详的心。中山陵在游客的心目中永远处于王者地位。当你登上数百个台阶极目远眺,方圆十里之内一片林海,绿意苍苍,你会承认当年料理孙先生后事的班子是一个"感觉很好"的班子。这是一个最适合于伟人灵魂安息的地方。在和平的年代里,紫金山与长江不必是御敌的天然屏障,它们因此心情愉快,尽职尽力地使身边的城市受到了山水的孕育,也使这个城市的上空蒸腾着吉祥的氤氲之气。革命与奋斗过后,南京城总是显得很休闲的样子,而东郊的森林好像一只枕头,一个城市靠在这枕头上,以一种自得的姿势开始四季酣畅的午后小憩。

午后小憩过后,在南京的街巷里,一些奇怪的烤炉开始在街角生火冒烟,无数的小店主与鸭子展开了遍布全城的战役,他们用铁钩子把一只只光鸭放进炉火之中,到了下午,几乎每条街巷都能闻见烤鸭的香味。黄昏时分,当骑车下班的家庭主妇们在回家途中顺便准备一家的晚餐,那些油光光的烤鸭和先期制造好的盐水鸭以及鸭肫鸭头鸭脚之类的,一个庞大的鸭家族已经在各家熟食店的橱窗里恭候她们的挑选了。不知道南京人一年要吃掉多少鸭子，还有鹅。

我记得一九八四年初到南京，在一所学院工作，我的宿舍后面是河西通往城西干道的一条辅路，每天清晨都能听见鸭群进南京的喧闹声，年复一年的，那么多鸭子顶着霞光来到南京，为一个城市永恒的菜单奉献自己，这也是地球上独一无二的传奇。是鸭的传奇，也是南京人的传奇。我从来无意去探究其中的起源，但无意中读到一个意大利人的小说，写一个没落潦倒的贵族家庭设宴招待一个贵宾，主人所想到的第一道菜便是鸭肉，我不禁会意地笑了，看来鸭子成为这个城市的朋友不是偶然的，勉强也好，自然也好，食物里面确实是可以拉出一条文化的线索的。

世纪末急剧推进的全球化浪潮使每个地方的日常生活趋于雷同，但有时候一只鸭子也能提醒你，一个城市有一个城市的缅怀和梦想。

直到现在，许多朋友提及的南京幽胜之地我还没去过，但一个人如果喜欢自己的居住地，他会耐心地发现这地方一草一木的美丽。以前还算年轻的时候，每年夏天我会和朋友去紫霞湖或者前湖游泳，那两座湖，一个能看见中山门城墙，一个面向着紫金山。我记得在紫霞湖那次夜泳，是八月将尽的时候，一群朋友骑着自行车闯到了湖边。人在微冷的水中漂浮，抬眼所见是黑蓝色的夜空和满天的星斗，耳边除了水声，便是四周树林在风中沙沙作响的声音，你能听见自己呼吸的声音，似乎也能听见湖边的草木和树叶的呼吸，一颗年轻的心突然便被这城市感动了，多么美好的地方，多么安宁的地方,我生活在这里,多好!

　　这份感动至今未被岁月抹平,因此我无怨无悔地生活在这个历史书上的凄凉之都,感受一个普通人在这座城市里平淡而绚烂的生活。我仍然执着于去发现这座城市——但众所周知,这座城市不必来发现我了。

南方是什么

好多年前的一个下午，我在一座火柴盒似的工房的三层楼上眺望着视线中一条狭窄的破旧的小街，这是我最熟悉的穷街陋巷之一，也是多少年来被市政建设所遗忘的一条小街——一条没有建设必要的小街，它的一头通往一座清代同治年间修建的石拱桥，另一头通往近郊的某某大队的农田和晒谷场（六七十年代），或者通往新的环城公路和一片新兴的混杂着国有企业村办企业的工厂区（八十年代）。我在午后的阳光中眺望那条小街时忽然记起我小时候是怎么走过那里去我母亲所在的工厂食堂吃午饭的，我记得桥下的公共厕所，小街从这头到那头的大多数人家的家庭主妇和与我同龄的孩子，我记得他们在路人的视线里匍在餐桌前吃午饭的情景。令我感叹的是好多年过去了，公共厕所还在那里，石子路铺上了水泥，但路面还是那么狭窄而湿漉漉的，人们还是享受着狭窄带来的方便，非常轻易地就可以把晾衣服的竹竿架在对邻的房顶上，走路和骑自行车的人仍然在被单、毛线、西装、裤子甚至内衣下面穿行，这是我最熟悉的小街的街景,紊乱不洁的视觉印象中透出鲜活的生命的气息。一些老人一定已经死了,大多数人还活着,大多数人在小街上养育着儿女甚至儿女的儿女。小街的日常生活一切依旧,就像一只老式的挂钟,它就那么消化一个轰轰烈烈的时代,消化着日历上的时间和新闻报道中的事件,它的钟摆走动得很慢,却镇定自若,这钟摆老气横秋地纠正着我脑子里的某种追求速度和变化的偏见:慢,并不代表着走时不准,不变,并不代表着死亡。

那天下午我突然听到了一条南方小街的生存告白,这告白因为简洁而生动,因为世俗而深刻,我被它的莫名其妙的力量所打动:

我从来没有如此深情地描摹我出生的香椿树街,歌颂一条苍白的缺乏人情味的石子路面,歌颂两排无始无终的破旧丑陋的旧式民房,歌颂街上苍蝇飞来飞去带有霉菌味的空气,歌颂出没在黑洞洞的窗口里的那些体形瘦小面容猥琐的街坊邻居。我生长在南方,这就像一颗被飞雁衔着的草籽一样,不由自己把握,但我厌恶南方的生活由来已久,这是香椿树街留给我的永恒的印记。

这是我在那年夏天写的一部中篇小说《南方的堕落》中的开头部分。现在我应该解释它,可我发现我让自己陷入了困境,我在自己的写作中发现了一种敌意,这种敌意针对着一个虚构的或现实中的处所:南方。南方是什么?南方代表着什么?而我所流露的对南方的敌意又意味着什么呢?

也许首先来自对回忆本身的敌意。人们在回忆之前通常会给自己的回忆规定一种情感立场，粉饰性的美好的感伤的，或者冷静的客观的力求再现历史的，而我恰好选择了一种冷酷得几乎像复仇者一样的回忆姿态。这是一种偏执的难以解释的敌意。我的所谓南方生活仅仅来自我个人的生活与某个地点的关系的机械的划定，我的南方是一条横亘在记忆中的六十年代七十年代的街道，而我当时是个孩子。一个孩子对周围世界的认识是模糊的，同时也是不确定的，如果说人们对事物的敌意来自此事物对你潜在的或者明显的伤害，我现在却不能准确地描写这种伤害的细节，因此我怀疑这份敌意可能是没有理由的。

所有借助于回忆的描述并不可靠，因此不值得信任，就像我在某篇文章中提及我的一个小学老师，我一直认为我对她的记忆非常深刻，我以为我在还原一个过去的人物，可是甚至她的籍贯和家庭背景后来都被我的其他小学老师证明是错误的，唯一准确的是我对她外形面貌的描述。一个事实有时让你恐慌，可靠的东西存在于现实之中，却不存在于回忆之中，如此我不得不怀疑我的敌意了，这敌意其实也不可靠。我也不得不怀疑我的南方，它到底在哪里，我有过一个南方的故乡吗？

大家所崇敬的阿根廷作家博尔赫斯恰好有一个美妙无比的短篇小说，名字就叫《南方》。"谁都知道里瓦达维亚的那一侧就是南方的开始。"在这篇小说里，南方是从一个地名开始延伸其意义的，而病病歪歪的主人公达尔曼与他手中的《一千零一夜》以及"南方"形成一个孔武有力的三角关系，支撑着作家所欲表达的所有思想空间。达尔曼来到南方，《一千零一夜》始终无法掩盖残暴的冰冷的现实，在杂货铺里，有人向病中的达尔曼扔面包心搓成的小球，于是一个世界上最不适合决斗的人不得不接受一把冰冷的匕首。

南方的意义在这里也许是一种处境的符号化的表达。

我的南方在哪里呢？我对南方知道多少呢？

在我从小生长的那条街道的北端有一家茶馆，茶馆一面枕河，一面傍桥，一面朝向大街，是一座老旧的二层木楼，很长一段时间里，我像一个善于取景的电影导演一样把它设置为所谓南方的标志物。我努力回忆那里的人们，烧老虎灶的起初是一个老妇人，后来老妇人年岁大了，干不动了，来了一个新的经营者，也是女的，年轻了好多，两代女人手持铁锹往灶膛里添加砻糠时的表情惊人地相似，她们皱着眉头，嘴里永远嘀咕着发着什么牢骚，似乎埋怨着生活，似乎享受着生活，她们劳动的表情是我后来描写的南方女性的表情的依据。更重要的参照物是一些坐着说话的人，坐在油腻的八仙桌前用廉价的宜兴陶具喝茶的那些人，曾经被我规定为最典型的南方的居民，他们悠闲、琐碎、饶舌、扎堆，他们对政治和国家大事很感兴趣，可是谈论起来言不及义鼠目寸光，他们不经意地谈论饮食和菜肴，却显示出独特的个人品位和渊博的知识，他们坐在那里，在离家一公里以内的地方冒险、放纵自己，他们嗡嗡地喧闹着，以一种奇特的音色绵软的语言与时间抗争，没有目的，没有对手，自我游戏带来自我满足，这种无所企望的茶馆腔调后来也被我挪用为小说行进中的叙述节奏。

可是比虚构更具戏剧性的是事物本身，就是前面所说的这家茶馆，就好像是一些不负责任的小说和电影处理一个重要场景一样，茶馆最后付之一炬。一九九〇年春天，也就是在我写《南方的堕落》前的几个月前，那家茶馆非常突然而无法补救地失火倒塌了。我回到家乡的时候看见的是一片废墟。我在茶馆的废墟上停留的时候感觉到某种失落，可是我的失落不是针对一座茶馆的消亡，而是源自一个写作蓝本的突然死亡，我的哀悼与其说是一人对一物的哀悼，不如说是一个写作者对一个象征一个意象的哀悼。

如果说那座茶馆是南方，这个南方无疑是一个易燃品，它如此脆弱，它的消失比我的生命还要消失得匆忙，让人无法信赖。我怀疑我的南方到底是什么？南方到底在什么地方？

我对我经常描述的一条南方小街的了解到底有多深呢？我对它的固执的回忆是否能够随着时间的流逝触及南方的真实部分呢？

我的头脑中现在一一闪现的仍然是前面那条小街的景物。很抱歉我要说小街上的另一个公共厕所。这个厕所的历史非常短促，我记得小时候它不存在，它所在的位置原先应该是一块空地，空地后面的人家长年地在那里种一些小葱和鸡冠花之类的东西。有一年厕所出现了。一个简陋的南方常见的街头公共厕所，但是修建得十分匆忙，里面的水泥地面甚至都没有抹平便投入使用了，这个厕所对附近的居民充满了善意，只是无人管理，因此很脏也很臭。这是一个特殊的有着某种危险的厕所，因为它面对着附近的一个居民小区，从小区的高楼上可以清晰地看见如厕人的面貌甚至如厕的姿势，所以对于使用厕所的人和小区高楼阳台上的居民来说，厕所造成了双重的尴尬。而我作为一个写作者，当我在住所的阳台上眺望小街风景时，我怎么也无法忽略厕所的存在，我的目光注定是不平静的，一种暧昧不洁的观察导致了一种更加难以表述的厌恶感和敌意。这厌恶感和敌意不仅仅是生理上的，也因为那间厕所造成了我忠实记录小街风情的一大障碍。所幸的是这厕所也一样不能逃脱它灭亡的命运，不同于茶馆的焚毁，这间不必要存在的厕所后来被人填平了，填平以后又在原址上盖了一间房子，后来我发现有一对年轻的夫妇住在那房子里，有时候我从那里经过的时候，从窗户里看见那对夫妇坐在里面看电影。我感到很高兴，这几乎是小街多少年来最大的一次改变了，这改变的意义对于我来说是特殊的，我走过那里的时候回想这块空地多少年来的变化，突然发现了类似博尔赫斯的《南方》中的三角支撑：小葱鸡冠花、公共厕所、年轻夫妇的家，这是一个关于小街回忆的三角支撑，由此我依稀发现了我所需要的南方的故事。

可是这是南方吗？我同样地表示怀疑。我所寻求的南方也许是一个空洞而幽暗的所在，也许它只是一个文学的主题，多少年来南方屹立在南方，南方的居民安居的南方，唯有南方的主题在时间之中漂浮不定，书写南方的努力有时酷似求证虚无，因此一个神秘的传奇的南方更多地是存在于文字之中，它也许不在南方。

我现在仍然无数次地走过那条小街，好多年过去以后我对这条小街充满了敬畏之情，这是一只飞雁对树林的敬畏，飞雁不是树林的主人，就像大家所说的南方，谁是南方的主人？当我穿越过这条小街的时候我觉得疲惫，我留恋回忆，我忍不住地以回忆触摸南方，但我看见的是一个破旧而牢固的世界，这很像《追忆逝水年华》中盖尔芒特最后一次在贡布雷地区的漫步，"在明亮的灯光下世界是多么广阔，可是在回忆的眼光中世界又是多么的狭小！"而一个作者迷失在南方的经验又多么像普鲁斯特迷失在永恒与时间的主题中。

瓦尔特·本雅明说得好："我们没有一个有时间去经历命中注定要经历的真正的生活戏剧。正是这一缘故使我们衰老。我们脸上的皱纹就是激情、恶习和召唤我们的洞察力留下的痕迹。但是我们，这些主人，却无家可归。"

是的，我和我的写作皆以南方为家，但我常常觉得我无家可归。

童年生活的利用

法国作家马尔罗在他的《反自传》中如此描述他的童年印象："我认识的绝大多数作家热爱自己的童年，我却憎恨自己的童年。"不知为什么，这个对童年生活的简洁的回顾既引起了我的同感，又引起了我的反感。

我不知道马尔罗后来在印度支那那近乎传奇的漂泊生活是否是对他寂寞的童年生活的一次补偿，我不知道他未来的充满异域色彩的《人的命运》《王家大道》是否是对童年时代过剩的想象力的一次填空，但我认为热爱也好，憎恨也好，一个写作者一生的行囊中，最重的那一只也许装的就是他童年的记忆。无论这记忆是灰暗还是明亮，我们必须背负它，并珍惜它，除此，我们没有第二种处理办法。

现在我怀着热爱和憎恨想起我的封闭而孤独的童年生活，我想起许多年前的一个冬天的下午，我穿着臃肿的棉衣棉裤在门外的街道上跳绳，看见一些成年人行色匆匆地走过苏州城北端的街道，那大概是六十年代后期"文化大革命"中的事情，如果我来描述当时那些路人的狂热的表情或者迷茫的眼神，那一定是虚构，我不记得了，我无法描绘外界的事物，但我记得我在寒冷的冬天下午跳绳，我在跳，那就是我的童年记忆，多么简洁，但是又多么生动。这个记忆对我是有用的。我还想起在玩具短缺的年代里，我和小伙伴们在铁路上玩过的一种危险的游戏，我们大家把家里的铜丝找出来，绕成圈状，然后把它们放在铁轨上，等待火车到来，等待火车的车轮碾轧我们各自的铜丝圈，当火车飞快地驶去后，我们看见经车轮碾轧过的铜丝圈被放大了、膨胀了，这种经过了变形了的东西成为我们那里流行的钉铜游戏的主要工具。我想说那样的铜丝圈也是我的童年。前几年我还在我父亲的抽屉里看见过这样的一个铜丝圈，它引起的联想只是童年生活的几个片段，可如今我描述的时候必须规定某种感情色彩，热爱或者憎恨？都可以，全是我所需要的。

童年生活其实一直在我们身上延续甚至成长。一个人一生中要面临多少个黑夜，而孩子们眼睛里的黑暗是最浓重的，一个人一生中同样要迎来多少个太阳，而太阳对于孩子们其实没有什么寓意，从这个意义上说，童年是值得我们描绘的。詹姆斯·乔伊斯的《都柏林人》描绘的就是这种浓重的黑暗和意义不详的阳光，就像《阿拉比》中的那个男孩，为了给他心仪的女孩买一件礼物，在夜色中搭火车来到了集市上，可等他到了那个集市后发生了什么？集市上的最后一盏灯熄灭了！

一个无所收获的童年等待着未来，但是是在什么地方等待呢？是在一个很大很深的坑里。罗兰·巴特曾经真切地描写过这样的处境,他在《自述》中回忆道:我们在一个大坑里玩,后来所有的孩子都上去了,唯独我上不去;他们从高处地面上嘲笑我:他上不来,就只他一个了!他离群了!据罗兰·巴特的回忆,是他母亲把儿子从大坑里救了出来。

　　孩子们不知道未来生活的困境从他们的游戏中就开始了,离群的孤独几乎是每一个人的命运,恐惧和抗争将成为未来生活中最重要的使命。而作家们往往敏感地捕捉着种种从青少年时期开始的恐惧和抗争的细节,在余华早期的小说《十八岁出门远行》中,十八岁的青年以离乡远行开始逃避恐惧并且开始他的抗争,但通往远方的公路起伏不止,"像是贴在海浪上,我走在这条山区公路上,我像一条船。"对于公路的表述其实仍然是对于恐惧感的表述,而小说中的青年在公路上看不见汽车,唯一遇见的一辆汽车也无情地拒绝了青年搭车的请求,这让我们联想起《阿拉比》中站在黑暗的集市中的男孩,也让我们想起了陷在大坑里爬不出来的童年时代的罗兰·巴特,只是母亲不在场。我觉得余华的这篇小说是在描写一种被延续了的果断的孤立无援的童年。无独有偶,莫言的离经叛道的小说《欢乐》描写的恰恰是一个少年的母亲,同样是缘于恐惧和抗争,母亲的形象被想象为阳光或者庇护的象征,但少年眼里的母亲身上竟然爬满了跳蚤!莫言这样写道:"跳蚤在母亲紫色的肚皮上爬,爬!在母亲积满污垢的肚脐里爬,爬!在母亲泄了气的破气球一样的乳房上爬,爬!"在这里,一个挑战人们阅读胃口的母亲形象能够激发你的思索,这个母亲始终在场,但这个肮脏的衰弱的母亲养育了儿子,也必将毁灭他。这当然是小说中的男主人公成年以后的恐惧,这可怕的现实在童年时是被掩盖的了,可是它终将被残酷地发掘,在这种发掘过程中作家们发现了某种小说的脉络,或许因此发现了人类生活的某种脉络,于是,当一个身上爬满跳蚤的母亲出现时,童年就被写作者最完美地利用了。

也许我们都将利用童年记录一些最成熟的思想。为什么不利用呢,听听列夫·托尔斯泰是怎么说的。他说,一个作家写来写去,最后都会回到童年。

莱比锡日记七篇

之一：莱比锡的脸

莱比锡的脸，长年以来被国际博览会的巨幅海报遮盖着，有点苍白，也有点痒了。人们每年来到莱比锡，看见的也许只是城市的身体，不是她的脸。

在世界各地的商家们带着展品离开这个城市的时候，莱比锡完成了一年一度的使命，打扫好贸易的战场，送走客人们的订货单和支票簿，她翻了个身，开始照顾自己了。这个季节是莱比锡自己的季节，悠闲，有点冷清，但更像春天，城市的呼吸是自然的顺畅的，城市的脸现在充分沐浴着阳光和风，严肃和美丽一点点流露出来，这严肃缘于城市的历史文化和人民的忆记，因此令人敬畏，这美丽也是文化之美，因此不张扬，不羞怯，是内敛自信的美，无论朝向哪个角度，都令人惊艳。

两个重叠的M是莱比锡的城市标识，在很多地方可以看见这个标识。也许有人会告诉我，这就是莱比锡的脸，但我总是不容易记住标识，却记得标识栖身的建筑，或者仅仅是那建筑旁边的一棵树。对于一个血肉丰满的城市来说，所有的标识都是空洞的，这城市的脸需要你去依偎她，依偎了才能感知她的温度，才能用素描的笔法去勾画她。对我来说，我要捕捉的不仅是一张城市的脸，不仅是线条，还有表情。这城市的表情注定是深沉的，针对观光者的宣传手册上，莱比锡有莱比锡的光荣和骄傲，屈辱和创伤，而我的私人目光，最终是我对一个城市的记录，它不负担别的，只对我的目光负责。

我带了一个三星照相机到莱比锡来，是性能不错但体积笨重的，我最后悔的是没把家里那个小的带来，小的拿出来放进去都方便，不像现在，我拿出那个大家伙来，这里拍，那里拍，弄得一本正经，好像一个三流的摄影记者。

可是值得拍照的地方实在很多，惊喜无处不在。

这是我前天偶尔路过的一家旅馆，巴伐利亚广场旅馆，因为觉得旅馆很漂亮，走过去一看，墙上钉了块牌子，原来是卡尔·马克思住过的旅馆！

之二：莱比锡的有轨电车

如今这个时代，是在天堂与地狱之间徘徊的时代，语言和文字也在徘徊，只是它们比这个时代更迷茫，因为没有人知道文字的天堂在哪里，语言的地狱在哪里。字典里的科技词汇越来越多，好多词汇我不懂，我看那些新的电子产品的说明书，看得一头大汗，最后往往还是一知半解，那是我的一个隐私，也是我作为一个文字工作者最大的噩梦。

如今这个时代，好多词汇也在痛苦地失落，"朴拙"变成了家具或者瓷盘设计的风格，"怀旧"站到了造作的同类词的队伍里，"抒情"则几乎沦为一种不三不四的精神疾病了。这些词汇本来离你很远了，但突然你遭遇了某一时刻，那三个词汇同时出现，像三个失踪的孩子，他们向你跑来，几乎带着一种魅人的力量，这要感谢莱比锡的有轨电车。

是前天早晨，天空阴雨，我沿着十月十八日大街走到老巴伐利亚火车站，看见一列有轨电车穿过绵绵细雨，从新市政厅的方向驶来，我听见了电车在湿润的轨道上滑动的声音，这就是让我莫名心动的那个时刻，我看见这列有轨电车带着那三个词汇开过来，朴拙，怀旧，抒情。我突然想起童年时候跟着父亲去上海，也是在雨中，一个雨中的早晨，见到过上海的有轨电车。这记忆的唤醒出其不意，我站在巴伐利亚车站工地的围墙外，突然想起童年的第一次旅行，突然想起我的父亲，他在苏州，独居一隅，一辈子没有踏出过中国的国门。不知道为什么，我那么喜欢有轨电车，这份喜爱与环保主义无关，我只是主观地判定，一个保留有轨电车的城市，也为我们保留着诗性的城市精神，保留着各种各样美好的记忆。也许不奇怪，所有美好的事物，不仅浪漫，而且一定是实用的。

这些年去了好多地方，还有别的城市留下了有轨电车，但有的差不多已经是古迹,有的作为被保护的交通工具在小心地使用,一边使用一边展示,而莱比锡的有轨电车仍然豪放地奔驰着,像一匹古典的好战的骏马,终日不停地奔波在城市的四周。我几乎天天坐2路或者16路有轨电车去莱比锡市中心,这是我的一匹骏马,也是莱比锡给我的一个大礼物。

很巧的是,我今天搭有轨电车去市政厅,在高德福斯女士的办公室里,巧遇了她的两个客人,他们恰好是从有轨电车公司来的。我不懂德语,除了寒暄,我不知道如何赞美他们的有轨电车,说它是一匹古典的战马,这是事实,不是赞美,于是我想还是从文学着手吧,我不知道莱比锡这个城市的咖啡馆里还有多少浪漫主义诗人,他们是否朗诵他们的作品,但莱比锡的城市上空一直是有诗歌的声音回荡的,依我看,今后或者未来,莱比锡的有轨电车,一定会成为这城市最后一个浪漫主义诗人。

之三:托马斯教堂

我认识的朋友中,有好多古典音乐的发烧友,凡是对古典音乐爱到一定程度的,最后人还在现实中,但呼吸的已经不完全是现实的空气,他们有另一种空气供给,依我看来,那供给的管道并不神秘,所有的古典音乐,其实可以看作是一种古典的空气,实验室没有保存下来的东西,音乐保存下来了。

有人面色红润得出奇,有人面容憔悴得出奇,并非全部是内分泌和血液循环的原因。呼吸了古典空气的人,也许他比一般人更严肃,也许比一般人更浪漫,这说不定。但这些人,大多自己也成了一本五线谱,说话或者沉默,都有自己的调子和旋律。热爱古典音乐的人,不是从音乐中寻找安慰和寄托了,是在寻找一种简洁美好的生活方式,他们寻找的是一片更宽广更深邃的天空,为了飞翔,或者,不是为了飞翔,恰好是为了静止。

音乐有可能制造幸福,也有可能制造痛苦,最好的音乐可能往往会忽略人的感觉,它有这个权力。人的感受是瞬间性的,是肉体的,因为此感受仅仅是感受,伟大的音乐永远是从肉体出逃,向上,向上,固执而傲慢地向上的。我个人对古典音乐一向是一知半解,古典音乐最初就与宗教密切有关,现在仍然有关,对于某些人尤其是无神论者来说,他们对音乐的爱,本身几乎也成了一种信仰,我所认识的那几个朋友,最后都皈依了J.S.BACH。

作家余华说过,他的《许三观卖血记》的结构是受到了《马太受难曲》的影响,重复,回旋和升华。这话不管是否可信,反正给我印象很深,正如许三观卖血养家的故事,给人留下了深刻的印象。我很想告诉他的事情也许他早就知道,但我还是要多说一句,《马太受难曲》,巴赫就是在莱比锡的托马斯教堂完成的,无论什么时候,巴赫不会为音乐受难,但是他一直为生活所累,在托马斯教堂漫长的岁月里,他奔波于葬礼、主教选举、唱诗班和教堂,奔波于需要音乐的所有场合,差不多也是卖血为生了。

莱比锡的血液是音乐的血液，这是瓦格纳出生的城市，是门德尔松指挥布业乐队的城市，是舒曼和克拉拉一起生活的城市，这已经足够成为一个古典乐迷向往的城市了，偏偏它又是巴赫的城市，何等的光荣，何等的骄傲！巴赫在托马斯教堂度过了他忙碌一生中最忙碌的时期，教堂边的学校遗址，曾经是巴赫的孩子们上学的地方，也是他的宿舍所在地，他当年倾心培育的托马斯教堂男童合唱团，过去有名，现在还有名，过去在教堂演唱，现在不仅在教堂唱，还要到世界各地去演出。无论你是否听过巴赫，作为知识你都应该知道，巴赫的光辉穿越了时空，是越来越明亮的。

我不是因为巴赫和托马斯教堂到莱比锡的，但当我离开的时候，我会记住巴赫在这个城市留下的光荣，记住托马斯教堂的光荣。我的那几个朋友，或者世界上所有寻访巴赫足迹的人，他们最终也会来到这里，一定会来，因为这是巴赫的足迹消失的地方。

巴赫的墓，就在托马斯教堂。

之四：咖啡康塔塔

尽管这个城市安静，有点冷清，但托马斯教堂前面永远是有客人的，全世界的古典乐迷到了莱比锡，就在导游图上寻找那个著名的地标，不懂德语没关系，很容易找的，城市非常袖珍，所以地图也复杂不到哪里去。

我在托马斯教堂前每次都能看见那些客人，但其中多少人是来瞻仰巴赫的，多少人是来快餐旅游的，无法统计。有一些手拿数码相机的人，像我一样行为可疑，一心要从托马斯教堂带走点什么。巴赫已在墓中，无法和他握手，能带走的就是塑像的照片了，拍下巴赫的塑像，拍下他著名的大鼻子，回去吻照片吧。

教堂门前巴赫的那座塑像，不知道一天要被多少镜头和镁光骚扰，也不知道，巴赫天上有知，那会是他的光荣，还是他的烦恼？会不会还有一点不安？他会不会向他的崇拜者推心置腹：我的音乐只是音乐，谱曲和指挥是我的事，而那些音乐是否伟大是否神圣，是你们的事？他会不会感叹，都来晚啦，你们在十八世纪来多好，放一点钱到我的口袋里，给我的男童合唱团买几瓶牛奶，最好给我的孩子们每人买一件新衣服。

这里的朋友告诉我，巴赫的塑像，造型如此生动自然，其实是雕塑家在复述他当时的境遇。他的外套第二颗扣子没扣，是因为他又要弹管风琴，又要指挥合唱团，一手必须多用，要时常从那里面掏乐谱出来，不扣衣扣，便省去了解扣子的时间。他的左侧口袋倒翻过来，则是一个无言的抗议，事关财政，告诉主教大人，告诉那些仁慈的教堂赈济人，我要音乐也要吃饭，我已囊空如洗，快给点钱吧。

我相信那朋友对塑像的解释。所有的伟人，差不多要死后一百年才被发现，而且还要先征服另一个时代的伟人，就像巴赫先征服门德尔松，然后征服世界。以我的看法，巴赫如果现在活着，也应该是这个姿势，如果他活着，那翻出来的口袋里，有没有人放钱？这其实是个疑问。那尊塑像好就好在这儿，说了过去的事，也说了现在的事。

我只是莱比锡的客人，亲近莱比锡的一个细节就是亲近巴赫，或者说，亲近巴赫的一个细节，就是亲近莱比锡。如今有一种最实用的亲近方式，就是为巴赫的名字消费，托马斯教堂旁的巴赫咖啡馆，每天都有人对着巴赫的塑像，虔诚而崇高地坐在那里，喝点什么。我也去喝过了。以前我一直不知道巴赫的"咖啡康塔塔（Kantaten）"是什么意思，那天与莱比锡的一位朋友相约见面，她说的是彼得斯教堂，不知道为什么我听成托马斯教堂，在雨中很抒情地步行到那儿，雨越下越大，便坐在巴赫咖啡馆前，要了一杯普通的咖啡，等那个朋友。电话响了，一听是我搞错了，只好将错就错，委屈她冒着雨，再骑车赶过来。于是有点内疚，东张西望起来，抬头看见身边的招牌上还有一道特殊的咖啡，名字就叫康塔塔咖啡。然后那位朋友来了，她一来我就问她康塔塔的意思，人家又一说我就恍然大悟了，原来德文中康塔塔是安宁美好的意思。

这是一个多么圆满的答案，答案本身也是安宁美好的。

之五：莱比锡火车站

提到莱比锡，莱比锡火车站是一个永远的话题。我到莱比锡，与当地的人们谈到日常生活中的琐事，总有人用一种"此事好解决"的态度说，去火车站，那里什么都有，那里永远开着门。

莱比锡的火车站确实很特别。Promenaden，在德文中是什么意思，我问过人，可惜又忘了。也许不需要原意，我愿意把这个词想象成"体贴"。我无意给一个著名的火车站改名，但我每次走进这个火车站里，没有旅行前的那种说不清楚的焦虑和急迫，总是感到火车站里有两只手，一只手在向你挥动，请坐，喝杯咖啡再走，喝杯啤酒再走。另一只温暖的手搭在你的行李上，轻轻地拉扯着你，不要急，不要急，急什么，火车不会走的。

所有的火车都不等人，但莱比锡火车站给人一个美好的错觉，火车不会走的，火车会等你的。

一个人留住另一个人，需要一个温暖的性感的怀抱，一个火车站挽留一个旅客，需要让他忘记时间，需要一些与旅行无关的事物，来缓解他们的紧张情绪。

这里其实也是一个巨大的休闲场所，地上地下一共三层，咖啡馆，餐厅，小书店，商铺，超级市场，银行，什么都有，按照中国人的休闲观念，就差一个大浴场了。好多人不赶火车，也去那里，是去购物，或者吃饭的，逢到星期天了，逢到夜间了，别的地方都关了门，火车站还是灯火通明的，火车站的灯光，有一半是旅行者的，还有一半，属于无法旅行的人。

欧洲的星期天，人们把一切献给了教堂，家庭，还有餐桌，还有一些人不上教堂，有一些人没有家庭，还有一些人不做晚餐，他们在星期天感到尤其孤单，莱比锡火车站把自己献给了那些孤单的人。我认识的一个中国留学生刘嘉琦对我说,她之所以不舍得离开莱比锡,就是不舍得莱比锡火车站,守着莱比锡,在最孤单的时候,她便有了个去处。

我也很孤单,当然我有排遣孤单的别的方法。莱比锡火车站没有收留过我的灵魂,但是收留过我的身体,尤其是我的钱包。在莱比锡火车站,我留下了很多消费记录,以下是我现在想得起来的记录,请原谅,我想罗列在此。

在O2店买了电话芯卡——我一直用这张卡与此地朋友保持联系。

在一家服装店买了一件衬衣,是我喜欢的某某休闲服品牌,打五折,过几天觉得自己还少一件薄毛衣,又去,结果人家不打折了,广告说打折一周就一周,过期不候,不打折的东西我都觉得贵,所以就不买了。

在烟草铺买了一盒烟斗烟丝,一方面因为带的中国烟不够,要抽烟斗替代,另一方面,因为烟草店铺的业主顶住全世界反烟草的压力,每个抽烟的人都应该用实际行动向他们表示敬意。

吃了一次Pizzahut的比萨,还吃了一次别的店里的比萨,比萨就是比萨,谈不上难吃,但是也永远与美味无关。

看见一家卖中餐的,走过去一看,是越南侨民们做的食物,其实不是中餐,不知道为了什么,非要命名为中餐,看着他们的大铁盒里堆起的食物,为中华美食在莱比锡的前景,感到非常忧虑,也有点愤愤的,心想在德国不能卖假货,为什么卖假中餐,就没人来管一管呢?当然了,这一次，消费未遂。

最解燃眉之急的一次购物是在一个星期天，要去一个朋友家做客。到了火车站换乘电车，突然想起两手空空，去人家里不礼貌，星期天别的地方是无物可购的，幸亏我就站在火车站对面，就穿过马路，跑到火车站里面，在ROSSMANN店里买了一瓶红酒。拿着那瓶酒，一下就安心了。

这是一种体贴，这种体贴之所以令人难忘，是因为它来自一个火车站。

多少年来，我几乎一直在旅行，在我的旅行经验中，穿越火车站，几乎像是穿越人类的汗腺，逼仄，拥挤，带有种种异味，一些慌张的人遇见另一些奔跑的人，是多么地令人不快。但在莱比锡火车站，一切都被颠覆了，有一种旅行的新秩序在提醒你，慢一点，慢一点，行色匆匆是可耻的，我也是个守秩序的人，所以我总是故意地放慢脚步，告诉自己，旅行，无论你去多远，都是一次散步而已。

之六：亲爱的垃圾

也许德国的城市都是很干净的，我一九九三年第一次到德国，是在柏林，参加一个文学节，和刘震云、张懿翎一起住在一个公寓套房里。街道的名字我还记得，翻译成中文是叫田园街。每天我们三个人早晨就出门，夜里才回来，观察到的街景不是太早，就是太晚。早晨的街道很湿润，泛着幽微的蓝光，路上点缀着星星点点的狗粪。夜里，街道在路灯的照耀下，看起来同样是发蓝的，但是狗粪，不知是被清理了，还是被夜色淹没了，看不见了。狗粪并不是那么令人讨厌的东西，如果不去与柏林的狗计较，柏林留给我的印象，仍然可以说是干净的。

后来听德国朋友说，你去的恰好是柏林，所有的狗都要排泄，但在德国，不是所有的狗主人都让它们把粪便留在街上的。

突然谈起狗粪问题，有点滑稽，我并不是思念狗粪，但我在莱比锡这些日子，除了那天和几个朋友去附近森林里散步，在林间小径上差点踩到一脚，几乎没见过狗粪。当然，我不是专业的狗粪视察员，走路不会盯着脚底下，但是在莱比锡，无论是狗粪还是别的什么垃圾，确实是被人们精心地收起来了。

我到莱比锡的第一天，负责接待我的Marit Schulz女士郑重其事地交给我一张磁卡，与银行无关，与交通购物都无关，是倒未分类的垃圾用的，可见这是她心目中的一件最重要的事。我难以想象垃圾和磁卡的关系，不知道垃圾箱上也安装了先进的电子设备。第二天，提着一袋垃圾跑到楼下，发现两排垃圾箱分成古典派和现代派，带电子锁的和开放式的，很庄严地迎候着我。我正对着垃圾箱紧张地观察的时候，旁边有个女邻居，说着德语就上来教我用磁卡，我听不懂，但她热情的手势我是懂的，说起来惭愧，我四十多岁了，还要别人手把手，学习如何倒垃圾。

在莱比锡见不到垃圾堆，城市里到处都在修建地铁工程，施工工地很多，也见不到建筑垃圾。看起来这里的人们对垃圾的态度，不是太仁慈，就是太严厉了，他们把所有的垃圾都送到垃圾自己的家——垃圾箱，或者垃圾填埋场，决不让垃圾们展示自己的容颜。有一次我和Gabriele Goldfus女士驱车从莱比锡郊外经过，路过一座绿色的小山包，发现这风景来得突兀，便向这座从平地上无端隆起的小山包多看了一眼，她没等我问什么，就告诉我了，那小山包其实是个垃圾填埋场，只是被绿化了。

人，死得其所，墓地上应该有松树柏树，有菊花，垃圾也死得其所，把它们埋好了，种一些小树和小草，不仅仅是为了美观，也来纪念它们曾经为人类做出的贡献，这是公平的。

人的命运思考起来有难度，便搁置在一边，我竟然思考起垃圾的命运来，有点搞笑。环保主义者的说法是正确的，地球并不很大，垃圾的未来，也事关人的未来。同样是很突然地想起在国内看过一则电视报道，说是有不法商船，把海外哪个先进国家的垃圾运到了中国的港口，从两边都获得报酬，电视镜头扫到之处，看见的是一堆沾满油污的餐盒，属于纸制品，是分过类的。那些将垃圾精心分类的好公民，也许完全不知道，他们分好的一部分垃圾，竟然坐上远洋船出海旅行去了。

那则电视报道后来被别的更重要的报道湮没了，没有后续。我到现在也不知道是从哪儿来的洋垃圾，要往哪一个中国的工厂运。从现代工业的技术角度上看，这事也许不值得大惊小怪，好多东西都是利用垃圾回收再生产的，这与尊严荣誉无关，只与生产成本有关，我的困惑在于我懂得这其中的商业奥秘，为什么还是对这件事耿耿于怀？我不批评那些隐秘的发垃圾财的人，更不该批评垃圾，我只是感叹垃圾也加入了全球化的洪流，而且我依稀听见垃圾在远洋船上的歌声，从西向东，进行曲曲调，唱的是全球化的主旋律。

亲爱的莱比锡的垃圾啊，我知道，你们是无辜的，你们一定不在那艘船上。

之七：莱比锡制造

"莱比锡制造"，是一个画家群的作品展览，我在好多办公室里看到这个展览的宣传册，封面作品的画面是一个抽象而模糊的加油站，一个模糊的疑似加油工的人影。很有趣的是，这个展览的内容多少也有点模糊，因为制造地点和展览地点不同，展览地点，不在莱比锡，在几十公里之外的另一个小城市Torgau。

我们去Torgau是市政府的一个女司机开车，开车说话，都很豪迈。离开莱比锡的时候，天正下雨，一路上，雨渐渐地变小，到了目的地，天竟然放晴了。在德国，到处都有这样很幽静很美丽的小城，我们抵达的时候，Torgau的石板路上还留着雨的痕迹，空气中有莫名的草香，因此显得特别清新动人。小城没有多少行人，来的人应该都是旅游者，这里是马丁·路德长期生活过的地方，马丁·路德的妻子，就安葬在Torgau的玛丽亚教堂里。

人们都崇尚古迹，文学、音乐、绘画也一样，人们信任过去的，怀疑现在的，对于好多当代艺术家来说，活着，是他们唯一的缺憾。

去"莱比锡制造"的展览厅，我们是唯一的客人，因为是唯一的，便有了很多自由，我们就在展厅里讨论艺术，毫无拘束。我们几个人中，有一个是学艺术史的女博士，女博士不随便发表议论，倒是我，自己给了自己机会，随便地发表评论。也许我完全不懂绘画，也许我懂一点绘画，这不重要，重要的是描述自己的感受。我一直认为，当你站在一幅画作面前，当你感受很强烈的时候，你应该说出来，我喜欢。或者说，我很喜欢。

所以我看到Tilobaumgartel的作品时就说了，我很喜欢。说起来，我喜欢一幅画作的标准，其实不是绘画标准，是文学标准，当我从画面上捕捉到一个好的故事，而且这故事有精彩的隐喻和暗喻，我喜欢，这句自以为是的话就脱口而出了。

Tilobaumgartel是个喜欢说故事的人，我没细致地考察他的绘画材料，是用炭笔还是别的什么，他对色彩很警惕的样子，迷信黑与白，展览上有他的两幅作品，都省略了色彩，一幅是一群动物在起居室里的休闲生活，令人印象深刻的是，其中一只猫，装模作样地从书架上拿起了一本书，这当然是一个批判性的精妙构思，巨大的隐喻在画面里潜藏，调侃或者讽刺，针对的不是动物，是人类的精神生活。

他的另一幅作品，画面抽象一些，是一个人面对一堵光怪陆离的墙，人的背影是一个思考者的背影，也许是在思考如何突破，也许是在思考如何逃避，而那墙给人以丰富的联想，联想到时间，社会，他人和自我，或者干脆就是整个世界。按照我一贯自以为是的读解方法，我用文学的标准给其他艺术门类归类，我觉得Tilobaumgartel是关注重大命题的，有一些画家用画笔写散文，写诗歌，写纪实文学，但Tilobaumgartel的作品更有野心，很明显，他是个写长篇小说的画家，而且写的是严峻的现实主义的长篇小说。

辑三
人间

　　我觉得我在年龄问题上最终也变得鬼鬼祟祟的了,苍老和年轻,我都不要它,但年轻是一件穿过的T恤衫,变小了,洗坏了,再也不能穿了;苍老是一件睡衣,穿上就准备上床睡觉了,可我没有睡意,我想睡,怎么办?着急也没用。

南腔北调

二十世纪八十年代初，我在北京求学。初次离开父母尝试异乡客的滋味，诸多困难其实都不算困难，唯一让我痛苦的是我的普通话常常让北方同学笑话。我突然发现我说话很不利索。

第一个寒假后返回大学，我好心好意拿出家乡的橘子让同宿舍同学品尝，一个东北同学脸上露出一种狡黠的笑容反问我：你请我们吃什么？吃橛子？我说：怎么，你不喜欢吃橛（橘）子？那个同学大叫起来：你才爱吃橛子呢，是橘子，不是橛子！我一下子面红耳赤的，旁边有同学向我解释，橛子在东北一些地方方言中与排泄物意思一致。我讪讪而笑，对自己的语音从此有了痛楚的感觉。

后来我一直努力模仿北京同学说话，开始时舌头部位有点难受，渐渐就习惯了，不卷舌头反而不会说话。有个上海同学跟我常在一起，我总是批评他说话都是唇齿音，不懂卷舌。他当然不服气，说我乱卷舌，于是找一个北京同学来评判。我记得那个同学用同情的目光看着我们两个南方人，沉吟了一会儿说，你们说得还不错，不过听上去一个舌头长了点，一个舌头好像又短了一截！

我当然属于舌头短了一截的。就这样短着舌头说了几年话，毕业离开了北京。据我的几个朋友回忆，我初到南京的时候是说着一口京腔的，那大概不是恭维，因为我听出朋友们的潜台词，意思是说你到南京这么多年，普通话已大不如从前，已经很不标准了。我不以为然，我觉得只要我想说好就能说好，但事实证明我的自信没有根据。有一次一个十年未见的大学同学给我打电话，聊了一会儿他突然大叫起来，说：你的舌头怎么啦？我惊愕地反问道：我的舌头怎么啦？他说，怎么又向前蹿了，整个一个南蛮𠿒舌之人！

这个电话让我百感交集，我想这对于我大概是个无法置换的悲哀，我的舌头又出了问题！在经过了多少年风雨之后它回到了原先的位置，按照惯性在我的口腔里运动，我知道我现在说着一口无规无矩的南京腔加苏州腔的普通话。

或许这不是悲哀而是我的智慧。人类其实都一样，他们在漂泊的生活中常常适时地变换语言，人类永远比鹦鹉高明，这就是我们通常所说的南腔北调的由来。

沉默的人

许多年以前在一个朋友间的聚会上,我听见一位女孩这样评价我的一个寡言少语的朋友:他懂得沉默。女孩说这句话的时候眼睛里熠熠发亮,你可以从那种眼神中轻易地发现她对沉默的欣赏和褒奖,对于一个青年男子来说,那是一个多大的暗示。男人们总是格外重视来自异性的种种暗示,并以此来鉴别自己的行为。我亦如此,我一直自认为是一个沉默寡言的人,从那次聚会开始,我似乎不再为自己的性格自卑,在以后的生活中,我自由地顺从了自己的意愿,能不说话则不说话,能少说话则少说话。在沉默中我又一次次地观察别人,发现了许多饶舌的人,词不达意的人,热情过度的人,发现了许多语言泛滥热衷于舌头运动的人。这些发现使我庆幸,我庆幸自己是个沉默的人。我情愿不说话,决不乱说话;情愿少说话,也不愿说错话。

言多必失,这是中国的古训,也是我童年经历留下的一个深刻的印象。许多年前我还是一个小学生时,看见老师在操场上狠狠地踩一只皮球,因为心疼那只皮球,我像老妇人一样大叫起来:你是神经病啊,好好的皮球,为什么要把它踩瘪?老师勃然大怒,他一把抓住我的手往办公室里拎,边走边说:反了你了,你敢骂老师是神经病?我在办公室里罚站的时候后悔不迭,但后悔已经没用了。我并不认为老师是个神经病,但是那三个字已经像水一样泼出去了,它们已经无法收回。我只能暗暗发誓,以后就是有人把世界上所有的皮球踩瘪,我也不去管它了。

在许多场合我像葛朗台清点匣子里的金币一样清点嘴里的语言,让很多人领教了沉默的厉害。事实上很少有人把沉默视为魅力,更多的人面对沉默的人感觉到的是无礼或无聊。有时一个沉默的人去访问另一个性喜沉默的朋友,其场面会像一部三十年代的默片电影。坦率地说,我本人就经常与性格相仿的朋友在家里上演这种默片。等到对方告辞,两个人的脸上不约而同地掠过一种解脱的表情,一个下午或者晚上互相都觉得是在浪费时间。

但是时间和生活会改变一个人,这些年来我不由自主地体验着自身的变化。这种变化也许始于家庭生活的开始,也许始于几个"多嘴多舌"的朋友的影响,反正我现在开始大量地说话了。大量说话起初是出于需要:妻子需要与我讨论家事国事和其他有用无用的许多事;女儿需要我给她许多胡编乱造的神话故事,需要我给她解释街上广告和店牌的含义;几个谈锋锐利海阔天空的朋友说话时也需要我配合。我总不能无动于衷,光是在一边张着嘴嘿嘿地傻笑,光是点头称是,我总得发表一点自己的见解。渐渐地需要变成了习惯，不管是谁与我交谈，我总是争取比对方多说一些话。奇怪的是我在不停的说话中竟然获得了某种快乐，这快乐是从前与我无缘的，这快乐的感觉有点朦胧有点像拧开水龙头后水喷涌而出的快乐，也有点像铁树开花聋哑歌唱的快乐。话说多了有时会闹出笑话。有个朋友话多，有一次他问别人：明天礼拜几？别人告诉他：明天礼拜天。那朋友又问：礼拜天是星期几？在场的人一时都茫然不知。这是一个真实的笑话，但不知为什么，我一直认为那位朋友很可爱。话多至此，便是说话的人和别人大家的快乐了，即使是一个最沉默的人也会被这种快乐所感染，发出一声含蓄的笑声。

学会说话从某种意义上说就是学会生活。我记得几年前一位远方的客人来访，我怀着惴惴不安的心情与他交谈。客人临别时对我说：你很健谈。我先是惊讶，然后便是一种喜悦了。这种喜悦酷似一只雏鸟刚刚学会飞翔的喜悦。是的，是鸟就必须飞翔，是一个健康的人就必须说话，这就是生活。

生活当然不仅是说话，生活也包括沉默。有时我会怀着怅然之情回顾我的沉默的少年和青年时代，我会思考许多人之所以沉默的原因。我想，有些人沉默是因为不想说话，有些人沉默是因为不善说话，有些人沉默是因为不懂得说话。沉默的人以沉默对待生活，但沉默是一把锁，总会有一把钥匙来打开这把锁，这也是生活。

薄　醉

第一次醉酒是在大学期间，当时大家都下河北山区植树劳动。一天几个同学嘴馋了，结伴去县城一家小饭馆打牙祭，有人说：来一瓶酒，有酒才是好饭。结果就来了一瓶酒。

酒是当地小酒厂出产的高粱酒，名字却叫个白兰地。第一次品酒，我竟然品出了醇厚的酒味，说：这是好酒呀！同学都附和。再加上古典文学老师在讲解李清照词"薄醉"一词中声情并茂言传身教的，给我留下了美好的印象。我便有点贪杯，直奔薄醉的目标而去。令人惊喜的是走出小饭馆时我果然薄醉，脚步像是踩在棉花上，心情无比轻快，嘴里就叫起来：薄醉了，薄醉了！

谁能想到在走上社会大酒席之后，经常喝酒喝酒喝酒，却再也没有品尝到薄醉后的惬意，而且竟然怕酒！我至今不知道问题出在何处，只是很畏惧那个酒文化，还有从酒文化中衍生出来的劝酒文化。什么是劝酒文化？说白了就是让你多喝直至喝到呕吐的规矩方圆和礼仪风俗。

有一次随一个参观团去苏北，沿途经过六地。当地接待方一样的热情如火,每地停留两天,每天必喝两次酒。此地酒文化盛行,劝酒文化更加灿烂。每顿饭必须或者至少举杯三次,每举一次必须连饮三杯,因此你若是尊重地主、讲究礼仪的人,一场酒喝下来就是九杯酒在肚,这只是基础。劝酒文化之丰富多彩,不会让你只喝九杯,因此有同姓喝三杯,同乡喝三杯,同龄喝三杯,甚至有都是男性喝三杯的壮观场面。我记得我就是被这种场面吓坏了酒胆,尽管我期望能沐浴在酒文化的关怀中,并且接受它的考验。无奈酒量有限,十几杯下去只好摸着翻江倒海的肚子冲向厕所,一醉方休万事忘的美境可望而不可即,只好来个一吐方休了。

渐渐地就开始怕酒,怕也正常,不正常的是有时又馋酒,偶尔地喝几杯,喝得总是没什么诗意,纳闷李太白怎么就能斗酒诗百篇呢?偶尔地想起学生时代在河北那个县城小饭馆喝的白兰地,似乎有种怀念。但我知道,当年的薄醉不属于我了,年复一年的酒,喝起来滋味肯定是不同的。

说 茶

　　小时候家境清贫，母亲每次去茶叶店买茶叶，买回来的都是廉价的茶末子。我跟着大人胡乱喝茶。因此很长一段时间里我以为茶叶都是碎的，喝茶时就是要鼓起腮帮吹一吹杯中的碎末的，对于茶的认识概括起来只有一句话：茶是一种黄色的微苦的水，功能主要是解渴。

　　喝也无妨，不喝也无妨，这么浑浑噩噩地喝了好多年茶。突然来了一个爱茶的朋友，登门先说：新茶上市了，你这儿有什么好茶品一品？我想当然地从抽屉中取出一袋茶叶，指着标签上的价格说：很贵的，是好茶。没想到朋友喝下这一口，脸上就露出尴尬之色，说：你是不是把茶叶和卫生丸放在一起了？又用同情的恨铁不成钢的眼神看着我说：这不是新茶，是陈茶！

　　感谢这个朋友几句话就粉碎了我的关于茶叶的常识，我从此懂得了茶叶有好坏之分新旧之别。当然我也知道了一个更实用的常识，茶叶不能和卫生丸放在一起！渐渐地开始明白那些谈论茶叶的朋友是在说什么，他们在说安徽茶、碧螺春、龙井茶。我知道他们在说什么了，可心里埋怨他们故弄玄虚，都是茶，都是绿的，哪来这么多的道道？

不记得是哪一年的一个春夜了，我泡了一杯刚刚上市的新茶解渴，就那么一口，突然对茶的美妙有了醍醐灌顶的顿悟，不禁想起毛泽东主席实践出真知的名言。新茶无可比拟的绿色，无可比拟的香气，果然就在手中，就在嘴里。从此放不下手中一杯清茗。

我不是茶商，不在这里替他们做什么宣传，但喝茶喝久了，似乎喝的不仅仅是茶味。想想现代人在水泥丛林中的日常生活，铁罐里的那些绿色的小东西是多么善解人意，玻璃水杯中那些绿色的芽尖提醒你这个世界还有山野，山野有云雾有太阳有雨水，提醒你这个世界还保留着一些绿色世界。假如你智商够高，你就知道与其保护街道上的树木和花园不如坚持喝茶，因为茶叶没人买，绿色不能卖钱，所以怎么呼唤绿色怎么保护树林其实都不保险。只有掏钱喝茶最保险，如此世界上至少还有茶园会被人们悉心照料着。有些茶客并不自知，自己是个好心的人，是个热爱环保的人，那我提醒你继续喝下去。好好地饮茶，当然不一定要昂贵的茶——你做了一件很有意义的公益事业，你消费了茶，就有人生产茶，有人生产茶就为这个世界保留了一块绿地。享受和功德合二为一，多么好的事情！而且我们大家都感谢你。

当然也要感谢我自己。

纸上的美女

这里说的是纸上的美女，意思接近于纸上谈兵，意思就是说本人对美女并无超出常规的欲望和非分之想。这里说的美女我从来都没见过，都是在纸上见到的，没有听到她们说话（错别字或者脏话），没有闻到她们的体味（香水或者狐臭），所以觉得她们真的特别、特别的美、完美、迷人。

美女们或者已经香消玉殒，或者正是风华正茂，她们在大大小小彩色黑白的照片上生活，露出了满足的妩媚的笑容。美女们一旦逃出照片，就是一个穿裘皮大衣或者香奈儿时装的绝代佳人。她们深知肖像权不可侵犯，她们用手挡着摄影记者手中的照相机镜头，说：走开，不准偷拍！但总有另外一些摄影记者艳福不浅，他们用不知名的手段获得了这种权利，于是我们便在画册、报纸、写真集上看见了那么多平时不易看见的美女。

照片上的美女不管是羞羞答答还是热情如火，她们公开地向我们出售美丽了。我们都是一些好顾客，我们用几角钱或者几块钱购买了一份复制的美丽。

但是真正的美丽恰恰是不可复制的,美丽的赝品不是美丽,所以我们欣赏过美女云集的画报后就随手一扔,最后把它廉价卖给上门收购废品的小贩。据说,小贩们会把收购来的废纸卖给烟花厂炮仗厂。这个过程想起来就令人心痛,那么多的美女最后一律在空中爆炸,竟然化为一些硝烟和纸屑!

真正的美丽其实是藏在照片的后面,需要捕捉和想象的。就像周璇,就像玛丽莲·梦露,她们的美丽不是依靠照相机成全的。恰恰是她们的美丽成全了一张照片,一个摄影师,一个关于美丽的记忆。

美丽是一种命运,它没有什么共同体。因此我们不要对模仿梦露模仿周璇的照片抱什么指望,梦露和周璇的美丽已经随着她们的死亡而告别人间。美丽是独特的,不可衍生的,因此我们如今只能对着残存的几张遗照去怀念去想象那一份美丽。

人们在纸上搜寻美丽,那大概是因为美丽的药效,美丽可以用来宽慰他们受伤的眼睛,对于所有丑恶的现实来说,美丽无法治本,却能够安神醒脑。对于所有欲望强盛的人来说,美丽仿佛金银财宝,激发索取和占有的欲望,于是便有了追逐,有了竞争,有了格斗,有了流血,有了无数冲冠一怒为红颜的故事。如此说来,美丽也能变成一种毒药。

那不是我的意思。我要说的其实还是那些照片,本着和平安定的原则,美女们的照片就是好东西,照片无论如何不会惹出什么祸水来,因此,美女们的天姿国色躲在一个安全岛上，对于社会对于男人都是一大幸事。

  只能看不能碰，既然已经成为公共准则，我们大家就都没什么意见。

牛奶浴后上金床

弹指一挥间，我们正处于一个贫穷与奢华并行不悖的时代，因此当报纸上披露新兴的牛奶浴诞生时，尽管许多人瞠目结舌，许多人议论纷纷，但我相信还有许多人与我一样，对这种牛奶浴内心是不以为怪的。有什么可奇怪的呢？据说广东某地已经有人在推销纯金制成的床，比起那种金床来，牛奶浴的奢华实在是小巫见大巫了。

但我几乎可以肯定，闻听有人以牛奶洗澡而脸色大变的人，也与我一样，多为小时候喝不上牛奶的人。

我们小时候喝不上牛奶，假如谁告诉我们某地某人在洗牛奶浴，我们会断定他在谈论平民们所陌生的宫廷帝王贵妇的生活。我们小时候只用光荣牌肥皂洗澡。假如谁来告诉我们某地某人正在用牛奶洗澡，我们会失声大笑。我们想能用上一块上海产的檀香皂已经美死了，用牛奶洗澡不是疯话便是梦话。

因此当我们得知牛奶浴即将应市时，我们愕然而愤怒。我们首先想到牛奶是一种高尚的食物，是我们许多人童年想喝而喝不到的富有营养的食物，也是现在贫困乡村的孩子们听说过却没见过的食物。想到浴室经营者们将把雪白香醇的牛奶一桶一桶地倒入浴池中，想到许多散发着汗味和体臭（甚至长有梅毒和尖锐湿疣）的身体将浸泡在牛奶里，想到那些被人体污染的牛奶最后将从下水道里汩汩流走，我们痛心疾首却又无可奈何。我们不得不承认，以皂荚和劳动肥皂沐浴的时代已经过去，慈禧太后的香草浴盆也显得寒碜而缺乏想象力，我们如此糊里糊涂地迎来了一个牛奶浴时代。我们不得不承认，我们正处于一个物质过剩的时代，我们这些反对派倒显得有些心胸狭窄而又大惊小怪。

我们心胸狭窄是因为我们自己掏不出一厚叠钱去洗牛奶浴，还因为我们在家打开煤气热水器，用力士香皂洗身，用飘香香波洗头时，借以为自己进入了"小康"。而这种错觉被牛奶浴彻底地纠正了一下，从此我们这些"小康"式洗澡的人将不敢扬扬自得。

我们大惊小怪是因为我们古典的良知或者顽固的大锅饭观念。我们会说：那么多的牛奶为什么要倾倒在浴池里？为什么不运到那些贫困的地区让那些半饥不饱的老人和孩子喝个够呢？但是牛奶浴的经营者们会说：那是希望工程和扶贫救灾的事，跟牛奶浴毫无关系，你们所说的是无穷无尽的道义和援助，而他们所做的是无穷无尽的投资和获利。

况且牛奶浴的经营者也在新闻发布会上说了，他们用于牛奶浴的牛奶是一种只对人体皮肤有益的牛奶。假如喝到肚子里却营养价值不高，我不知道是不是有这么种牛奶，也不知道这种说法是否是如今常见的商业口径和宣传策略。但我情愿相信那是真的，想到那是真的，想到那牛奶并不怎么好喝也没什么营养，我的心里就舒服一些了。

我舒服不舒服其实无关宏旨，牛奶浴已经上市了，说不定也会像桑拿浴、冲浪浴什么的一样风靡一时。我是不会去洗的，但总有喜欢新鲜事物的人欢呼雀跃着跳入那牛奶池，总有雪白香酽的牛奶溅到地上，却溅不到你的身上，更溅不到你的嘴里。

我又想到广东的那几张金床，不知买了金床的人是否瞧得上牛奶浴，但我认为洗完牛奶浴再上金床睡觉可以称得上丝丝入扣了。

虽然我们跺一跺脚便能洗上一回牛奶浴，却永远睡不上纯金制作的金床。

电视与宗教

有一次与朋友一起闲聊,聊到教堂建筑,有人说伟大的教堂现在几乎成为旅游资源了,人们走进去不是为了祈祷或赎罪,是去东张西望!在座的都埋怨现代人宗教感淡薄了。当时客厅的电视机开着,一个浓妆艳抹的歌星从这里蹦到那里,一只纤纤玉手热情地握着一些观众的手,那些年轻的观众因此发出了沸腾的尖叫声,我当时差点脱口而出,说:看吧,这就是现代人的宗教。可我的朋友都是有学问的人,我不敢造次,更不能亵渎了宗教这么庄严的字眼。

教堂多在西方,寺庙多在东方,可是那些地方的祷告和诵经声被西方和东方相同节奏的流行歌曲所湮没了。宗教活在某些虔诚的教徒心中,在更多的人的生活中被替代,而且看来没有什么重振旗鼓的希望。现在我们不妨看看,是什么东西替代了宗教?我的答案选择电视。

我不敢说如今的人们都看电视,有个不看电视的朋友,说他讨厌电视,但这个朋友又喜欢足球,每次世界杯比赛的时候他就跑别人那里蹭着看,看着看着觉得不妥,不如看自己的舒服，就买了电视机。我没有问过这朋友现在是否憎恨电视了，但是我觉得他不可以说这话了，因为他不能说他是在看足球，而不是在看电视。电视的厉害和魔力在于它能把诸多事物揽在自己一个人身上，政治、体育、文艺、历史、现实、国际新闻和小道消息，当然更多的是把那些唱流行歌曲的、演古装戏和时装戏的男孩女孩一并揽在自己广阔的怀抱中，一点也不费力。

那么多人的一生与电视亲密合作，追逐它的声音，笃信它的指点，恰如中世纪那些虔诚的教徒与教堂的关系。电视机的教堂虽然只有二十一英寸或者三十四英寸，但比起神父牧师来，它的传播几乎是全天候的，而且更加口齿伶俐吃苦耐劳，而且不穿黑衣素袍。它色彩缤纷魅力四射，你作为肉身凡胎，张大嘴睁大眼盯着它，不是教徒胜似教徒，所以我觉得电视机真的像全世界的普及型教学。唯一有区别的是这个教学的气氛一日三变，有时严肃，有时却出现不应有的轻佻，当然谁都听得出这教堂的布道杂乱到了无法总结的程度。

我还在多嘴，我就怕这么胡说得罪了现存的一些真正的教徒，但我还是斗胆要说，有的人是靠电视拯救了一生，而不是别的。就像我前不久在电视里看到的一个报道，说某国一个体重如山的肥胖症患者，终年不能跨出家门，最后死在电视机旁。我当时就想，这个胖子的苦难是靠电视解救的呀。电视是什么？电视是那个人的天使！

我说这话气不粗，因为我举的事例来自电视，结论也来自电视，也许与宗教这话题毫无关系。

不要急

多年以前在我们那条街上曾经发生这一起令人唏嘘的车祸，死于车祸的是一个初为人父的男子。据说是婴儿的尿布在那个阴雨天都用完了，而昨天洗的尿布都在工厂的锅炉房烘烤着，婴儿的母亲让做父亲的去工厂取那些尿布来救急。这件事情使两个年轻的父母心急火燎的，那男子的自行车骑得飞快，结果被一辆卡车撞了。

后来事故现场的目击者都说，他的自行车确实骑得太快了，他赶路太急了。

想起这个不幸的故事完全是缘于最近流行的一句话：不要太急哦。我第一次听到这句话是在牌桌上。我打牌一直没什么风度，输多了就很急躁，那位朋友相反，输得越多人越轻松，而且妙语连珠。他从来不急，是真正那种好牌风的人。有一次他像是对自己也像是对我们说：不要太急哦。他的声音使热闹的骂声沸腾的牌桌突然安静下来，然后我们听见那位朋友说：最近流行这句话，这句话真好。

这确实是一句好话，是不多见的具有劝世意义的流行话语。不知怎么,又想起另一个好脾气的朋友。有一次他的孩子发高烧,他的妻子急得手忙脚乱,光着脚抱起孩子就往医院冲,而那位朋友一如既往地穿戴整齐才尾随妻儿而去。事后他妻子指责他,他说:再怎么急也不至于光着脚出门呀。他妻子便一时无言以对。

我想人的性情通达至此,生活便是另一种坦荡的境界了。那两位朋友对于危机的处理方法出于天生的性情。其实也是一种对生活的态度。他们不肯受制于危机的打压,他们用理性控制着自己生活中的每一个细节,如此,危机便仅仅成为正常生活的一个部分了。

"不要太急了",对于大多数人来说,这是金玉良言,但做起来却不容易。急躁不是美德,却几乎是我们共有的思维和行为方式。每一次急躁都是有其自然而然的理由,正如你的小宝贝没有尿布换了,而尿不湿这种新产品还没有面世;正如你在牌桌上大输特输,而你口袋里的筹码却不多了;正如你的孩子高烧四十度,病因却不详。你有理由着急,但是我们却总是容易忘记这个常识:急有什么用?

急躁已经成为我们时代的通病,像我的那两位朋友在我眼里便不可多得。我一直反对社会上一浪接一浪的时髦俚语,但是对这句简单寻常一如耳语的话却推崇备至:不要太急哦。记住这句话,我的那些升官受挫的朋友心情或许会明朗一些,我的那些发财梦破灭的朋友或许不再怨天尤人,我的那些牢骚满腹的朋友或许对这个世界能够培养出一份耐心。

不要太急哦,说的是嘛,我们急了这么多年,生活中该有的有了,不该有的还是没有,急出什么名堂来了？一着急说不定就像那个不幸的父亲,为了尿布而葬送了自己的性命。我不提倡市侩哲学,但我一直认为为了生命献出生命是值得的,为了尿布献出生命却是很可惜的。

广告法西斯

奥斯威辛集中营里的幸存者们不会同意拙文的这个题目，把广告和法西斯等同起来不免会有现代人无病呻吟之嫌。曾经读到一个犹太受难者的回忆，回忆他在集中营里的时候是多么想读一份报纸。我一方面被深深地打动，脑子里却同时浮起一个不可饶恕的念头，我想要是那个作者恰好得到了一页报纸，恰好那是报纸的广告牌，这个可怜的渴望文字渴望信息的人将会如何阅读这张报纸？

一个时代有一个时代的暴力，前人们万万想不到和平年代里有一种暴力来自媒体，准确地说，是来自媒体中张牙舞爪无所不在的广告。不管你想不想。不管你要不要，这些广告用或者谄媚、或者焦急、或者强暴的语气让你买这个、买那个。你不感兴趣，你可以不去看它，但是要摆脱是不容易的，这就像当年犹太人要逃脱法西斯的魔掌一样，不是由你说了算。假如你紧揣着一颗烦躁的心（同时揣着口袋里的钱包）回到家里，很可能看见一个年轻人从楼上的邻居家下来，向你微笑，说他是某某保险公司的，他来跟你谈参加某某保险的事，这样的不速之客通常彬彬有礼。有时一阵急促的敲门声让你不知道发生了什么事，你推开门，看见一个面色铁青的汉子站在你家门前，手里拿着一把崭新的刀口闪亮的菜刀，让你灵魂出窍。来人一说话，才知道他不是凶手，原来是来推销菜刀的。

  我们刀耕火种的先辈们绝对想不到他们的后人会被过剩的商品所围剿，我们戎马倥偬的先辈绝对想不到后一代们天天在广告的枪弹下无处藏身。有一次与朋友聊天，谈起电视广告，每个人都有最恐惧的广告记忆。我最害怕的是电视里的某个饮料广告，一个家伙用手抓着两罐饮料说：两罐，挡不住！不知怎么我总是有一种凶险的联想，是：两枪，挡不住！心悸之余不禁迷惑：这广告做得也太性急，真是好东西买一罐尝尝就行了，为什么一定要让人买两罐呢？还有一个广告，性子倒不急，用的是很常见的亲热的以情感人的方法，一个男歌手在屏幕后面如泣如诉地歌唱一瓶矿泉水，歌词大意是自从有了这种矿泉水，大家就实现了欢喜和梦想，虽然当他是自说自话，但细细品味会把你弄个大红脸，想想我们百姓再怎么胸无大志，也不至于让一瓶矿泉水做了欢喜和梦想。况且那个男歌手的舌尖发音也有问题，他竟把"欢喜"唱成"欢死"，"梦想"唱成"梦殇"，听上去很不吉利。

  据说有电视台做过民意调查，问观众喜欢不喜欢广告，如果是喜欢率为零，即使这样电视台广告照做，假如要逃避电视广告总有办法，可以及时换频道。但有的广告是天罗地网，你只有束手就擒。就比如我家楼梯上的那些因地制宜的疏通管道的广告，打磨地板的广告，它们是用一种黑色油墨牢牢地印在楼梯台阶上的，从一层到我家所住的六层，每一层都有许多热情万丈的电话号码。它们有点屈尊地守在你的脚下，我每天回家时这些电话号码都列队欢迎我。但我一点也不领情，我看透了这些故作谦逊的电话号码，我情愿举起双手告诉它们，来逮捕我吧，你们这些法西斯！

你们这些法西斯！

无用的东西

一九九三年在美国西雅图的街头，曾经见到一个年轻人演奏一种自制的乐器。我这人生性好看热闹，就钻进人群中，既当听众又做了观众。年轻人束马尾，穿一件黑背心和黑绸裤子，像是一个摇滚乐手。但他的那件不知名的乐器肯定是古典音乐系统中的，看上去有点像竖琴，有点像几个焊接在一起的圆号。但仔细观察它什么都不像，是标准的一件发明创造的怪乐器。陪同的友人也不知此物的深浅，只是连声说：有趣，有趣。我们站在那里听了一会儿，觉得那怪乐器的声音也很奇怪，小声小气的，却又清脆，看那个年轻的发明家，脸上是略显紧张的表情，也许这是他第一次演奏他发明的乐器。我脑中突然浮出一个沽名钓誉的念头，万一这种乐器以后风靡乐坛，那我就是最早的欣赏者，于是慌忙拿相机拍下了那个年轻人和他的乐器。

几年过去了，偶尔翻看到这张照片，这才想起当年在西雅图街头的希望完全落空了，当然那个美国青年更是怀才未遇，这些年从来没听说谁谁谁发明乐器投入到某某交响乐团演出的消息。看来是无人理睬这件事。我便浮想联翩了，想想当初的念头是多么幼稚，想想那个扎马尾的美国青年又是多么古怪。九十年代人们纷纷寻求科技发明的专利，谁会对一样无用的只会叮咚作响的怪乐器推而广之？不是巴赫的年代了，人类的发明创造要顾及月球生态和大气臭氧层了，人类需要有效的艾滋病疫苗，需要新的经济增长点、新的住房、新的汽车、新的妻子或者丈夫，谁需要你弄出个新乐器来分散他们有限的精力？无用的东西，大家都不要！

不过我一直对那个美国青年的发明存有侥幸的幻想，有一次问一个搞作曲的朋友，你在创作中会不会觉得乐器不够用？会不会希望一件新乐器来表现你的主题？对于我这种外行的问题，这朋友报以宽容的一笑，说：哪儿用得过来呀？现有的乐器已经足够了！

什么都嫌多，什么都过剩了，甚至音乐。这种现实不免让我替那个美国青年操心：哥们儿，你听见了吗？人家不需要，就别瞎折腾了，没用啊！

现在我也清醒了，我作为一件新乐器的首批听众，其荣誉不能成立，即使我自己脸老皮厚给自己记上一笔，也是个没用的荣誉。没用的不如不要，我要是那个美国青年，干脆就把那乐器拆了卖，至少能拆下些废铜烂铁，卖到废品收购处去，还能换几个钱！

卖假货

我的住所靠近城市的主干道，出门就走进了繁荣的经济之中，买什么都方便，走在路上觉得许多店家的商品都在向我挤眉弄眼搔首弄姿，似乎在说：来要我吧！包括摊贩们手中的各种假货，它们也不甘落后，虽然在商品中属于小老婆养的，却有着天生的勇敢和自尊，在塑料布上躺着或者站着，也是亭亭玉立地卖弄风情。

其中让我念念不忘的是十几瓶假冒洗发液，分别装进了飘柔、潘婷、海飞丝的瓶中，每逢周末就出现在路边。当我经过那家自行车商店门口，就会看见它们站在一张桌子上，向路人致意。卖它们的是三个三四十岁模样的女子，她们倒不是那么谦恭有礼，一边守摊一边聊天，甚至有时是打闹。我每次都注意到她们的快乐和自在，其中一个肩膀上斜挎着印有"厂方直销"字样的红色条幅，站得也正规一些，但她也从不吆喝，周瑜打黄盖的样子。那种态度表明：愿不愿意，随你们便！

现在的人何等狡猾，他们辨别假货的能力越来越强，看你这么卖东西，不用上前细看，就知道你是假货，不买！我本人当然也是这种态度，不仅不买，看都不看你！

　　三年了，三个女人站在那里，坚定不移地卖他们的假货。我起初是幸灾乐祸地欣赏她们生意的萧条，但前不久经过那里时我的心情正好很好，远观三个熟悉的身影，我对三个女人的印象突然间有了微妙的变化。我开始对她们刮目相看，如此超常的毅力，你有吗？你没有！我觉得我见到的是世界上意志最坚定的女人，而且我相信精诚所至金石为开的道理，恨不能上去安慰她们：总有一天，你们会卖出几瓶的，尽管它们是假的！这么想着脚步就犹豫了，没想到的是我的身体语言被三个女人捕捉到了，她们交流了一下眼神，立刻分散开来，挎红色条幅的仍然站着，站得更直更庄严了，另两个摇身一变变成了顾客，围着那些洗发液，一个说：好便宜呀，我要买一瓶！另一个说：大商场要卖四十多块呢，当然合算，我也买一瓶！

　　我完全没想到三个女人突然修炼成了精明的商人，这样我就只好转身走了。我感到很遗憾，并且认清自己最终还是缺乏仁慈之心。其实我现在不讨厌假货了，有假的伪劣才能知道真的优秀，假的也为商品繁荣做出了贡献。可是非要把假的扮成真的就不好玩了，所以我决定不跟她们玩！

性学大师

书虫们最好的职业是当一个图书馆馆员，酒徒们最好的职业是当一个专业品酒员。有的人一生难耐性欲的煎熬，有的强压欲火勉强过着清淡的节制的生活，有的放纵自己，放纵得不对就成了性犯罪分子。这些人大多没想过，可不可以让自己名正言顺地沉浸在性的快乐中，谁也奈何他不得。有一条路他们可以走，只不过要机遇，要执着，要付出，要把兴趣学术化，这条路就是著名的性学大师阿尔弗雷德·金赛博士走过的道路，成为一个性学大师。

我发此谬论并非调侃金赛博士，相反我对这位已故的美国人充满了崇敬。只是最近读完关于金赛博士的传记以后，一方面感慨此人独特的人生风雨，另一方面却觉得他是幸运的人。金赛博士生活在清教徒时代的美国，也想做清教徒，偏偏从年轻时候就饱经其旺盛而乖僻的性欲折磨，如果不是性学研究帮了他的大忙，这样的人最后郁闷而死也属正常。但金赛却走运，他的生理上分泌的激情、后天积累的学养以及天时地利使他投身到性学研究中，研究的竟然都是别人要偷偷摸摸窥探的事情，类似前戏、高潮、性交、同性恋！搞研究就要身体力行，所以金赛博士怎么研究女性人体，甚至更醉心于研究男人人体，警察也不抓他，他妻子也不怪他——那个将自己贡献给丈夫事业的女人，甚至贡献自己肉体，为金赛博士多留了一份科学的数据。

金赛博士就是如此幸运，一边搞了科学研究一边也解放了自己，这样研究的最大好处是资料翔实——都是第一手资料，真实可信——是切身体会，不用去搞什么旁征博引隔靴搔痒的名堂。也因为如此，金赛博士的性学研究当初轰动了世界，获得了巨大的成功。

关于金赛博士的成功也可以倒过来说，如果不是他金赛，如果让一个内心肉体都恪守清教的银赛来研究性，研究出来的就不是性学史上的里程碑文献了，也许就不是《人类男性性生活》和《人类女性性生活》，极可能是《人类怎么避免性生活》，那我们也不会太感兴趣。

话可以这么说，金赛博士的伟大之处有目共睹，但有人嫉妒他，说他把碗里锅里的都吃了。这说法虽然小气，倒不一定是冤枉他。

旅游观点

有朋友问我何处人氏，我就用一种响亮的声音说：苏州。很多时候对方的反应不出我的预料，他或她由衷地发出一声赞叹，说：苏州好，苏州是个好地方呀。我就谦虚地说：好什么好，破破烂烂的！对方就大摇其头，真挚地说：好就好在那个破味道上，历史名城，文化古城，都是那样！

我知道我面对的是一种旅游观点，对于别的古城，比如西安、开封、洛阳，我也持这样的旅游观点，我恨不得它能保持唐宋原貌，让我去观光的时候能对着杨贵妃沐浴的遗迹和武则天浇灌的牡丹，发一通幽幽思古之情。可是对于苏州，我就是反对她那么一路破下去。原因其实很世俗，就因为我的家人还在苏州生活，我自己也经常要回去探亲，我情愿苏州变成上海，变成纽约，也不要她永远都做什么东方威尼斯，以破楼危房和一些不干净的水来卖弄自己。我情愿大家不去苏州旅游，也要替苏州的市政计划摇旗呐喊，该拆的就拆，该扔的就扔。尤其是那些古老的街道上一字排开的古老的马桶，尽管有人拿着照相机对着它们左拍右拍，像是为黄金珠宝留影，但马桶毕竟是臭的，不卫生的。不能为了个古老的名分，上了那些早就用上抽水马桶的人的当。他们说"古老的都要保存"，这是站着说话不腰疼，他们要是喜欢马桶，让他们随便拎回家，不要钱。

也许是自私，听到去苏州旅游的人发表旅游观点，我就暴露了没文化没品位的嘴脸，也许是因为在苏州生活多年，没从家乡的古老中捞到半点好处（去虎丘、拙政园跟旅游者一样，也要花钱买门票），也许是对从前用过的马桶有着掩鼻的记忆，也许只因为一个刻薄的友人如此议论过苏州：你们苏州人有什么自豪的？你们那儿，媳妇坐在马桶上，隔个布帘就和公公聊天！

此君倒是不持旅游观点，我认为他对我的籍贯有一丝嫉妒，可是当他这么说时你能怎么应对？我又不能把苏州的荣耀拿下来塞进他的嘴里。从此我恨透了马桶，马桶殃及无辜，用马桶的房子无论多么古老，有马桶的街道无论多么苍凉，我都不喜欢。

但更多的时候我是主张保护人类古老遗产的，尤其是针对别人居住的城市，在那些城市中我主张保留一切有一百年以上历史的东西，包括那个马桶。

时光隧道

人很奇怪，可以坦然地面对生，可以坦然地面对死，却常常不能面对自己的年龄。有些人本来与你谈得正欢，你突然去问人家的年龄，人家就会生气，觉得你是有什么不怎么好的企图，不是嫌人太年轻无经验无阅历无可信度，就是嫌人老了不中用了无活力无朝气缺乏创造力了，或者怀疑你是刺探他（她）这把年纪做个情人是否般配。

好多人在年龄问题上显得鬼鬼祟祟的，一些演艺界的女演员最鬼，她们连自己的胸围都告诉你，就是不告诉你她的年龄。她们的年龄一栏写着秘密、不详或者永远十八岁之类的文字，一看就很不诚实，真是急死你。有些女士其实也不在演艺圈，也学了那种莫测高深的样子，对你的愚蠢的问题翻个白眼，说：不该问的别瞎问。有没有教养呀？竟然问女士的年龄！男性在年龄的态度上要硬朗好多，但也不乏这种无礼之辈，你问他年龄，他就说：当然比你大，我都可以当你爹了！

我年轻时候没话找话说的时候就喜欢问别人年龄，碰了好多钉子，以后就改了这毛病。但是渐渐地我也习惯在年龄问题上瞒骗他人，我二十郎当的时候总是多报两岁，明明二十三，偏偏就说二十五了，是很自然的类似自我保护的反应，其心理动机是怕被别人当了小辈，说你嘴上没毛办事不牢，让你多吃亏。即使这样多报两岁，别人还是嫌你年轻，所以我在工作中和别人交往中还是没少吃年轻的亏。当时还想呢，等我老了有资本，看我怎么对付身边的年轻人！

时光如箭，眼看我也是直奔不惑之年了，却还是对年龄这东西有诸多困惑。现在当然还有些不客气的张嘴就问你多大了，我发现自己这时候总是不够坦然，假如对方比我年长，我的回答还算利索，表情也还礼貌，意思是我比你年轻多了，我蹦跶的时间还长着呢。可现在到处碰到比我还年轻的人，让我觉得自己的体态、动作、语言甚至表情都不对头，让我觉得自己与年轻已经毫无关系，不知怎么我就情绪低落，虽然诚实地报出了自己的年龄，心里却想：你他妈狗拿耗子，我的年龄跟你有什么关系？

我觉得我在年龄问题上最终也变得鬼鬼祟祟的了，苍老和年轻，我都不要它，但年轻是一件穿过的T恤衫，变小了，洗坏了，再也不能穿了；苍老是一件睡衣，穿上就准备上床睡觉了，可我没有睡意，我想睡，怎么办？着急也没用。要是真有个时光隧道，花多少门票我也要进去一次，看看年龄的秘密到底怎么破解。到了里面，我一定要捉住每一个人，大喝一声，看着我的眼睛，报出你的年龄！

先生小姐哪里人

今天的城市人几乎全部是移民的后裔。假如追随几代或者十几代而上。城市人无一例外地有着一个异乡僻壤的祖先，因此他的个人身份资料中有着籍贯这一栏，籍贯中的老家也许是他所从未涉足的。这没有关系，人们已经习惯背着它在世界各地跋涉，籍贯只是籍贯，它占地面积也许很大，但在资料中只是几个字而已，非常轻便。

从前人们在旅途中闲聊，相邻而坐的人常常会以此作为问候，先生（小姐）哪里人呀？答话那人说出的一般都是他的籍贯。在一些保持着老派风度的城市中，比如香港，走在街道上很容易看见一栋老楼房上写着某某同乡会、某某会馆的大字，看了让人觉得亲切。从前的人们似乎把同乡、老家这种概念看得很重，许多集体行为的解释听起来也异常简单：我们是同乡，我们是一个地方来的！

如今在旅途上人们已经悄悄地变更了搭讪的内容，现在常见的问候是：先生在哪里发财啊？问的不是你的过去你的历史，问的是你的现在甚至未来。可见人们的观念已经更新，如果用文学流派来界定，老派的是古典传统的历史小说，新的就有点像批评家嘴里的新写实流派了。

今天的人类世界在慌张的流动中，洋鬼子们在我们炎黄子孙的土地上东张西望，我们也跑到大洋彼岸去摸摸这个看看那个，当然更彻底地是把铺盖往外国一扔，从此就在人家那里住下了。所以我们今天在纽约或者曼谷逛街的时候会遇见众多的同胞，有时竟错以为他乡是故国。

有些人走是走了，却一心二用，走到天边也要回头遥望他的故乡。记得有一次在美国三藩市的一个同胞家做客，发现他的房子紧靠太平洋，窗口海景美不胜收，客人们都说房租一定很贵。主人承认房租贵，但强调说贵也值得，说：海那些边就是中国，可以天天望乡啊！一番话说得大家都怦然心动。却有一个快人快语的傻大姐不以为然，说：一千美元，买个打折机票，北京可以飞个来回，不如过去一趟嘛。

用文学流派来划分，这傻大姐是新写实的，她把一个抒情的新浪漫派难倒了。房子的主人，也就是那个新浪漫派支吾了一会儿，就叹口气说：这边事情一大堆，回去也不容易。

一口价

自由市场上是可以讨价还价的,这是自由的好处。讨价还价也带来一个极大的麻烦,就是迫使买卖双方投入一种古怪的战争,动用大量的智慧、韬略、唾沫星子,有时仅仅是为了一枚铜板之利。

有些人认为时间就是金钱,他们不屑于将时间浪费在讨价还价上,去市场买菜甚至买皮大衣都是拿了就走,这样的人是最受小贩们欢迎的。有良心的小贩称赞他们爽快,是最佳顾客,有的小贩却有得了便宜还卖乖的恶习,他们看着那个匆忙离去的背影,掩嘴一笑,对身边的小贩同行说:这个傻×,也不知道还个价!本人有一次在市场亲耳听到如此的骂声,从此到市场就养成一个习惯:凡是要买东西,必定装出随便问问的样子,必定要来一番讨价还价。我的宗旨是情愿为了自己的精明挨骂,也不让小贩骂我傻×。

这个习惯一旦养成就改不掉了,人说八元,我必说五元,而且脸上是一种百炼成钢的从容表情。我的个人习惯中许多是不好的,但这个习惯本人很得意,让小贩磨炼嘴皮的好处不说，本人的腰包也避免了无数次冤假错案。虽说是几元几十元，积少成多，多年来至少也从贩子手里抢回一台十八英寸的彩电了。

习惯跟人走，到了异国他乡，还是改不了。有一次在德国的一个自由市场，看中一个中年妇女摊子上的瓷盘，奇妙的是走上前一开口，对方竟然会说几句中文，原来年轻时候学过几天的，这才明白她一直含笑看着我们几个中国人的原因，并不是为了讨好我们。然后就问瓷盘多少钱，中年妇女犹豫了一下，说了个数，令我觉得很公道。但是我要说习惯就是习惯，我用诚恳的目光看着她，说：贵了点，便宜五马克吧，为了中德人民的友谊！我注意到她困惑的眼神，接着她明白了我的意思，然后她的脸就涨得通红通红的了。我意识到一个习惯伤害了她的热情和自尊，她愤怒地收回了瓷盘，不再与我这种人做生意。

我至今还记得这件事情，有时候真生气，怨恨那个德国妇女也伤了我的自尊，假如不讲价，为什么不在瓷盘上标明一口价？况且她不讲价本身就不对，如今世上万物都能讨价还价，她为什么就不能？请读者诸君评个理。

多吃多占

　　飞机上的旅程很短促，不是与人交谈的好机会，连我这样的写作者都懒得与邻座说话，更不用说旁人。大家都只和空姐说话，具体说就是当空姐推着吃的喝的过来时，你得告诉她们，你喝什么吃什么。

　　这次从沈阳回南京的飞机上遇到了一个说话不多却令人难忘的邻座，坐在靠窗的位置上，身体并不很胖，但是始终嫌座位局促，两条腿焦灼地向外侧活动着，想获得一个大一点的空间，这样他就侵犯了我的空间。我觉得他倒不是刻意占我的便宜，所以我也没计较，只是怀疑他做房地产，占地占习惯了，养成了职业病。

　　空姐第一次推车过来时我的邻座还没有显示他的英雄本色，他只要了一罐啤酒，一把抓过来，喝了两口，嘴里发出一种享受美味的声音。然后我觉得他的眼神在瞄我，再一看，他不是在瞄我，是在瞄过道里忙碌的空姐。我不知道他此刻的焦灼是什么原因，等到空姐的推车再度来临，他说话了，说：再给我来一杯橙汁！这时候我有点小心眼，心想我倒只要了一杯茶，他怎么尽要贵的？而且还要了两种！我希望空姐拒绝他，但空姐却仍然微笑着给他倒了大半杯橙汁。这时我的邻座又说话了，这次他用一种轻松的语气说：哎，多倒一点嘛。我看看空姐，空姐笑了笑，竟然像个听话的木偶，又给他的杯子加满了橙汁！我的邻座使我有一种吃亏的感觉，无奈我那天不想喝，也不能去空姐那里寻找到公正。不久就来了午餐，空姐说：这位先生要牛肉的还是鸡肉的？我还没想好要牛肉还是鸡肉，里面那位先生先说了：小姐能不能给我两份？一份鸡肉一份牛肉？我早餐没来得及吃啊。这次我几乎是用仇恨的目光看着空姐，暗示她不要答应这个贪婪的人，但是空姐却一味地讲究礼仪，居然说：要是有多的，可以给你两份。没过多久，那个愚蠢的空姐真的又给我的邻座端来了一份！我看着邻座多吃多占，却奈何他不得，只能以静默表示抗议。当然这抗议无用，因为我的邻座连看我一眼的兴趣也没有，他只对空姐和食物感兴趣。

　　这次旅程我不愉快，碰到这么个邻座，让你有一种莫名的失败感。好不容易挨到下飞机，我因为坐在外面，自然就先站起来，在等待下机的队伍里，我终于抢在了邻座的前面。正在得意时，听见后面有个急促的声音说：让一让，我的行李在前面放着呢。我下意识地闪开身子，这一闪就把我旅程中唯一的快乐丢掉了，我眼睁睁地看着邻座走到了前面去，心中的沮丧和失落就别提了。本人还是反应愚钝，最终的胜利仍然是他的，这个多吃多占的人！

不拘小节的人

不拘小节的人是什么样的人呢？你在旅途上经常能碰到，就是那个脚很臭而又喜欢脱鞋的人。他是个具有有福同享有味同闻观念的人。把脚放在你的面前，自己读报或者睡觉，就这样君子坦荡荡地将他的脚的秘密昭示众人，毫无躲躲闪闪的忸怩之态。不拘小节的人就是跑到你家里来东抓抓西摸摸，临走从书架上抽下一本书，告诉你我拿回去看看的那种人。不拘小节的人热情地邀你共进晚餐，说喝点好酒吃点好菜，说你他妈别哆哆嗦嗦的，是我请客——但最后他一摸口袋，说：钱包忘了带了，哥们儿你替我垫了吧，下次我请你去某某地方（一个最高级最昂贵的餐厅），狠狠请你一顿。

不拘小节的人令拘泥于小节的人很自卑。后者通常很羡慕前者的品行，心想我要是有这种品行就好了，不仅在哪儿都很英雄很大方，而且多少能占点便宜，物质上的便宜倒不重要，主要是道德上得到赞许让人舒畅。你摸着胸口想想吧，假如你听到有人评价你，说你这个人不拘小节，你会生气吗？不会！不仅不会，你还会谦虚地说：有什么办法？从娘肚子里生出来就是这种德行，改都改不了！

当然不用改！我每次听到不拘小节的人这么说话就很着急，恨不得向他兜出老底：不能改啊，一改你就没有个性了，一改你不就跟我一样，成了个婆婆妈妈的人了吗？我这么说话读者千万不要误会，以为我是反讽什么的，我真希望自己从小是个不拘小节的人，倒不是出于别的目的，是真心觉得这么生活比较痛快比较合算。现在人们喜欢说率性而为，不拘小节的人是最能体验此中境界的。

不拘小节的人身上也往往有一些小缺点，但这种缺点被更多的人认为是可爱的小缺点。比如粗心，不拘小节的人在总结自身缺点时，十有八九说：我很粗心的呀，哪儿像你，处处细心，处处谨慎，我要像你就好啦！这种自我批评让拘泥小节的人听来不辨真伪，心想你粗心有什么不好？终于想出来了：粗心的人不适宜当会计，账本上的零多一个少一个，都会捅娄子。但是拘泥小节的人天生想得复杂，他们会说，不当会计又有什么不好呢？你擅长的是开拓型的创造型的工作啊！

我一直对不拘小节的人有好感，但前不久我去邮局寄一件东西去香港，过了几天却自己收到了这个邮件。初看以为是退回，仔细一看才知道是一个粗心的职员干的好事，这下我忍不住脱口而出：这人的头脑掉马桶里了？！

可见像我这样的人，永远改不了拘泥小节的小家子气。

出嫁论

"出嫁"这个词语看起来听起来都有一种悲剧意味,其实跟谈生意时说的出手意义雷同。我们的老祖宗不知为何把女性婚姻的开始叫作出嫁,让许多做父母的在女儿的大喜之日有一种骨肉分离的痛楚,因此就热泪涟涟。

可是谁去管他们的热泪?女儿们都纷纷出嫁,到了丈夫家才知道"出嫁"两个字:出是出去的出,嫁是一女离娘家的嫁。

中国人很多谚语简洁明了地点破人的生活法则,有一句叫作"女大当嫁"。这句话的意思是女孩子长大了不要赖在家里,赶紧找个男的,到别人家去。你不到别人家去也行,那就变成了一个老姑娘、老处女,这种词语看上去没问题,听一听就听出了问题。中国字的感情色彩何等强烈,说你是老人那是对"老"字最客气的用法,有人喜欢骂人老东西、老不死的、老流氓、老不中用,此冠词几乎可以用在所有的老而无德的人身上。而一个女性才三十岁,或者四十岁,就因为没出嫁就被人加了个"老"字,你让她听到这种称呼怎能心平气和？

碰到个顶真的就要跟你讨论了：是不是这些不出嫁的女人拒绝婚姻呢？是不是她们对女大当嫁的真理提出了质疑呢？是不是她们认为男人没一个好东西而不愿与他们同床共枕呢？谁要是跟我讨论这个问题我就为难了。因为我不知道。只知道未出嫁的女性不出嫁有形形色色的原因和理由，也知道一些出嫁的女性为了各种各样的理由出嫁，就像一只被牧人驱赶的羊，慌不择路地跑上婚姻的草地，吃了一些草或者不肯吃草，觉得草好吃或者觉得难以下咽，然后就成了婚姻幸福的女性和婚姻不幸的女性——她们都在水里，衣衫尽湿，而那些不出嫁的女性站在岸上，仍然清新爽洁，有的装傻，对姐妹们挥手喊道：你们在扑腾些什么呀？

我只能揣度有些不出嫁的女性的心理，有没有这样的女性，就是因为对"女大当嫁"这句话反感而不嫁的呢？有没有一类女性是这么一种想法，说：你要我嫁，我偏偏不嫁？这当然是我这样的男性无聊文人的瞎操心，但我觉得要是有人在婚姻问题上多钻牛角尖，多多地叛逆，那以后道德学家大概就不敢随意说什么女大当嫁之类的话了。大家都不出嫁，他们就只好说，嫁不嫁，随便你，或者干脆就取消了"出嫁"这个古老的词汇，用先进的与国际接轨的语言说：小姐，请你考虑，要不要娶个先生回家？

狗刨式游泳

我常用的锻炼方法是游泳。游泳馆离我的住所不远也不近,骑着自行车,带着泳具到了目的地,按照游泳者条例做一次简单的沐浴,然后直奔泳池,跳下去就开始我的五百米泳程,没有商量的余地。我这样已经游了近两年了,一直觉得自己是在享受生活,但最近觉得自己游泳游得很无聊。

事起因来自游泳池里一个家庭的出现,一对年轻夫妇带着他们的儿子。我游泳时候很专注,但那个家庭发出的种种欢乐的声音使我无法忽略他们的存在。那一家三口在冬季的游泳池里显得特别引人注目,为什么?冬季的游客一般都游得像模像样,而那一家子是统一的狗刨式!他们在游自由泳、正规蛙泳甚至蝶泳的泳客中显得很可笑,同时却是鹤立鸡群。有人用嫌厌的目光看着他们,但他们旁若无人。你关心他们的泳姿,他们却不关心你,只是亲密无间地享受着游泳池里的天伦之乐,而且那个孩子和母亲不时地发出因果不明的快乐的大笑声。

不知为什么,我冷眼相看之间却意识到那是游泳池里唯一快乐的三个人。我忽然觉得自己这么正规地游来游去很无趣很累人，脑子里忽发奇想，想起我小时候也是在家乡的护城河里狗刨过的，再刨一次看看？这么想着就模仿那个家庭在水里刨了几下，没有想到只是刨了那么几下，我竟然为自己的动作感到羞耻，接近于当众小便的感觉。我的狗刨动作戛然而止，重新恢复了正式的自由泳，我仍然注意着那个狗刨式家庭，看他们刨得欢天喜地，顿时觉得自己的游泳不仅无聊，甚至有点像一台机器的运转那样沉闷烦人了。

就是从那天开始，我觉得我的游泳习惯其实是一个未能解决的问题：我为什么不能在游泳池里快乐地狗刨呢，我为什么要学会正规的泳姿呢，为什么我掌握了正规的泳姿以后就觉得游泳与玩水有区别呢？为什么要制造这种区别？我想我跟许多人一样钻入了公共观念的圈套，你追求了科学和技术，就丧失了原始和快乐，大家扯平。

或许我是碰到难题了，或许这很容易解决，有人会说既然你游得不快乐那就别游啊。我也这么想，可问题是我要锻炼——有人又会说了，既然是锻炼就别要求什么乐趣，鱼与熊掌你都想吃？哪有这么便宜的事！

问题就在这里，人类把自己发展到了这个地步，鱼与熊掌不可兼得。可你想想，这两样好东西为什么就不能兼得呢？

直面人脸

今天又要交代本人的恶习了，这个恶习就是喜欢盯着人看；又因近视而常不戴眼镜的缘故，盯着人看还眯缝着眼睛，更显得专注执着，这更显出本人的无礼和粗鲁来。

不是为自己狡辩，我要说水有源树有根，我的这种恶习的形成也要一分为二地来追究，一半是本人缺乏自律，一半却不是我的罪过，是那些受害者自己跑到我面前晃啊晃啊，不是我要盯着他，是他自愿让我盯着，我不看他是我目中无人，我看他他无动于衷，所以我一直觉得在盯者和被盯者之间没有什么伤害和被伤害关系。所以我到哪儿还是保持这种劳动人民的本色，只要我感兴趣，我就盯着你看，看看你的眼睛，看看你的鼻子，还有你鼻子上的一颗小疙瘩，有什么关系？

感谢我们的火车、汽车、公共浴室、百货商场，这些地方是满足我这个恶习的最佳场所。我有时候到商场转转，急着要回家的时候总是气恼找不到路，冷静下来才意识到路就在脚下，是人群挡着你的路。你盯他他盯你，忘了走路了。

这不算什么。我记忆最深刻的是八十年代在北京一辆公共汽车上,差点把我宝贵的眼镜挤掉。那是一辆"高峰车",车子被人塞得快要爆炸了,我的身体上了车以后几乎就一直悬浮在空中,一方面非常刺激,另一方面也非常慌张。我记得一个留学生模样的黑人青年一直和我如胶似漆地贴在一起,不能分离,如果当时谁能腾出一只手为我们拍张照片,一定会在今天卖座,我名字都想好了,叫作中非人民友谊万岁。可是当时我们一黄一黑两个青年贴得都很窘迫,我后来干脆就采取既贴之则安之的态度,干脆就利用这机会将老毛病一犯,开始盯着这难得一见的非洲青年研究起来。我当时好过瘾,看到他的黑得发亮的皮肤、卷得不能再卷的鬈发、白得不能再白的牙齿,这种近距离全方位的观察就是令人印象深刻,至今我还清晰地记得他的瞳孔里有一个小小的人脸,是一个黄种青年的脸,竟然是我自己。当然我也记得那黑人青年被我盯得无奈,嘴里说出一句夹生的中文:人太躲(多)了!

　　我之所以自称恶习是证明我知道文明礼貌,但我同时并不想改正我的这个缺点,我到哪儿肯定是要盯着人看的。假如跑到沙漠里,没有人看,那我也没什么埋怨的。可我生活在城市,我生活的这城市谈不上是什么国际大都市,但人口超过了地大物博的瑞典,五百多万呀!除了睡觉闭着眼,走到哪里都是人,改我的恶习也很难哪。所以我建议被我盯着的人不要骂我无礼,当然也不用道谢——只是举眼之劳罢了。

鬼故事

中国的古代文人热衷于鬼故事的营造和传播，最著名的是蒲松龄的《聊斋志异》。《聊斋》中的鬼大多是红唇明眸的美丽的女鬼，譬如婴宁、聂小倩，不仅知名度高，星运也不错，曾经上了银幕。因为蒲松龄老先生把她们描写得十分美丽，制片的老板自然都找了人间最美丽的女演员担当重任。

但是鬼魂一上银幕就真正是出鬼了，怎么看她都是人，无论她怎么身冒青烟足生莲花，无论她怎么来无影去无踪，你还是坚信是一个人在那里装神弄鬼，因此看电影的人就不会有王子服"凝思成病"的感觉。更有人像我一样走了极端，说：再也不看这种糊弄人的鬼电影，把个好端端的鬼弄得鬼不鬼人不人！

这是一种败兴的感觉。许多人其实是需要鬼故事的，对鬼也是既爱又怕，当然这说的都是那些传说中美貌魅人的女鬼。大凡人们都认为女鬼来临就是一个浪漫的惊险故事，男鬼永远不来的好，来了就是一次赤裸裸的杀人案，没有什么意思。

读鬼故事最令人兴奋的其实就是书生农夫们被女鬼们诱惑得灵魂出窍的过程，也就是臭男人认为"女意已属"而"心益荡"的感觉。虽然读者是隔岸观火，但其心情是与当事人一样矛盾复杂缠绵悱恻的，唯一不同的是当事人总在期望与他耳鬓厮磨的不是鬼是人，而男读者们都怀着一种嫉妒的心情说：不要太得意了，那不是人，是鬼啊！

但假如是个人，即使是个倾国倾城的女子，也没有一个女鬼来得刺激。鬼故事的奇妙之处在于来不得半点真实。女鬼正因为动辄从坟墓里钻出来，动辄给你来个借精还阳，动辄对男人始乱终弃才俘获人心，危险了才有魅力。有的男人明知山有鬼，偏向鬼山行，寻找或期待的就是一场轰轰烈烈的人鬼之恋。这样的人其实不仅活在清朝初年蒲老先生的年代，也活在今天，二十世纪末我们大家的年代。

鬼故事永远地流传着，大概因为古今男人们想象的极乐世界差不多都是一样的，人与人相爱，不刺激，人与鬼做爱，那才叫刺激！

人吓人

还是接着鬼故事这个话题说。

我上小学时正逢"文化大革命"的尾声,扫除迷信的口号深入人心,照理说校园里不该有鬼魂出现的。但是不知是哪个坏孩子,编出了一套非常吓人的鬼话,说厕所里有个名叫小脚娘娘的鬼魂出没,说谁谁在解大手的时候从挡板下面看见过小脚娘娘的两只小脚,小脚上穿着红色的绣花鞋。

孩子对鬼魂都是又害怕又热爱的,我也一样。有一次上课的时候想着厕所里的那个鬼魂,心中七上八下,头脑一热,就举手向老师报告,说肚子不好要上厕所。老师开恩批准。我于是就有了探险的机会。跑到厕所里,看见平时热闹的厕所里空无一人,强忍恐惧,一心要获取小脚娘娘的第一手资料,就蹲在里面,双眼死死地盯着挡板外的地面。起码过了五分钟,我什么也没看见,看见的只是几只苍蝇在肮脏的水泥地上爬,没有红色的绣花鞋,也没有什么鬼魂,我又失望又兴奋地跑回了教室,自以为从此在鬼魂方面有了发言权。

儿时的那次勇气使我真正消除了迷信，不怕鬼，也从来没有被鬼魂吓着。但是有一次却被一个人吓坏了。说的是有一次与朋友打麻将，赌小钱的。赌小钱也违法，这我们都知道，所以悄悄地关着门赌。放纵地赌到了深夜，一切平安，一个朋友抽空下楼去小便（我当时的住所没有厕所），回来一切正常，继续赌。没想到突然听见楼梯上响起了脚步声，而且脚步声很快变得杀气腾腾，我的头一下就炸了，心想这次要倒霉，读者朋友可听过深夜危楼里的杀气腾腾的脚步声？我明明想着要收起那些小钱，手却不能动弹；其他三人同样呆若木鸡。就这样准备束手就擒时，看见一个朋友突然冲了进来，说：都不要动！看见是朋友了，桌上四人仍然煞白着脸坐在那里，足有一分钟，才突然醒悟，四张嘴把那个吓人的朋友骂了个狗血喷头。我就问那个可恶的朋友是怎么进来的，他说：路过这儿，见门开着，当然要进来吓你们一吓。原来是小便的那个朋友惹出来的事，于是大家就转过脸去骂他，是他的膀胱惹出来的事。

我现在很少赌钱估计与那次惊吓有关，从此我更相信这种说法：人吓人，吓死人。我重提此事，除了无聊为文，还有一个善良的愿望，就是希望有吓人嗜好的朋友改了这毛病，让鬼吓死的事都写在书里，让人吓死的事却是极有可能发生的。切记，深夜里注意你的脚步。

败家子

沙漠边缘是不适宜于人类居住的,但有人祖祖辈辈就与风沙为邻,并不想背井离乡远走他方,他们觉得人只要勤劳肯干,风沙是能够治服的。我有一年在电视里看到了内蒙古的一个老人花其毕生精力种树治沙的真实故事,看到在夕阳下的沙丘上耸立着一排排树木,看到那个老人微驼的被过量的劳动损坏的背影,心中又是感动又是酸楚。这个电视专题我记得非常清楚,我还记得解说员用一种欣慰的语气说:××村(就是老人的家乡),现在树木成荫,不再惧怕风沙侵袭了。

没想到过了两年,有一次偶尔打开电视机,正好看到电视里报道一起毁林事件,地点、人物、事件一下让我想起了那个老人。我看到记者正在采访那个××村的村长,问他为什么把树砍了,那个村长坦然地说:村里穷,卖钱了。而这时候画外音介绍这个村长用最大的树材做了他儿子新婚洞房里的家具。我当时目瞪口呆,心里始终在想,那个老人呢,那个种树的老人怎么不见了?让他出来说话呀。老人后来在电视里出现了，电视里的老人看上去身体不是太健康了，但在摄像机镜头里蹒跚地走着，摸那些只剩下桩子的树，一言不发，训练有素的记者便盯着老人脸上的泪水拍摄，以此来替代老人的发言。

我却在一边心潮难平，为什么只是泪水？即使是为了满足我这样的局外人的感情，也该让老人对那个村长有所表示。我差点就对着电视机嚷嚷起来：打他耳光，打这败家子的耳光！但电视毕竟是电视，它总是拍到让人思索的地步就结束了，而且总是用泪水让人思索。

可我就是不愿意在这种黑白分明的事情上思索什么问题，我之所以一直对这个节目耿耿于怀，就是因为不解气，一直觉得大家莫名其妙地就便宜了那个村长。自古以来败家子层出不穷，最可恨的是败别人的家败公众的财产。虽然说，有创业者就有败家子，就像那个可怜的老人，他种一辈子树，好像就是为了等着那村长的儿子长大娶亲，用他种的树来打家具，这几乎是创业的命运和归宿。我不满那老人的是，你不知道也罢，可你明明看见了，却只是摸着树落泪！这事情我大概永远想不通。我不喜欢用眼泪表示愤怒，没用！换了我，首先扑向那个村长，打他九九八十一个耳光。假如一定要让大家思考什么，就思考八十一个耳光的意义吧。

饶舌的益处

最近几年来我发现自己逐渐在变成一个饶舌的人。熟悉我的朋友也许注意到这个变化,他们会用各种方式表达对我的这种变化的看法。有的说:你以前很沉默的——言下之意是:现在哪来这么多废话?也有的更婉转,说:我觉得你的性格变了——变好了还是变坏了?没有说,肯定是让我自己去揣摩。

我也不知道是怎么了,年龄的增长带来一个不曾预料的生理变化,饶舌了。有过好几次奇妙的经验:与朋友高谈阔论的时候,竟然清晰地听见自己的声音在空中响亮而自信地回荡。这时候我不无伤感地意识到鄙人苏童不再是一个沉默的人了。很奇怪,当一个人不知道沉默是怎么回事,就再也不相信什么沉默的诗意和内涵了。以前眼中的美德现在被我一句话就庸俗化了,沉默是什么?就是一声不吭,一个屁也不放。就是这么说,心里多少有些虚,心里想这么胡乱攻击不免太不讲理,我既然成了个饶舌的人,总要找出饶舌的依据,更要找出饶舌的益处来。

很容易地找了个有说服力的依据：年龄也不小了，趁现在口齿清楚思维敏捷的时候多说一些，不要无端地为了保持沉默，到老了一边满怀肺气肿一边咳着老浓痰，向子孙唠叨一些不听老人言吃亏在眼前之类的话。我自己一向是不太欣赏老人言的，所以现在赶紧先说，饶舌也不怕。语言这东西就好在收放自如，说不好也不会有人给你开罚单，说不好就请大家批评。再说，上帝给你一张嘴，可不光是让你吃这个喝那个，也是让你说话的。你老是不说话，喜欢说话的人要是来对你说：沉默的人啊，我一张嘴不够用，你的嘴既然闲着，就借给我用吧。要是有人提出这个要求，你还真没有什么正当理由拒绝他。

那么饶舌的益处是什么？这厢也编造成功了。饶舌最大的益处是保持身心健康，不知有多少科学资料显示：郁郁寡欢的人死得早。光是倾听就没有交流，不交流的人热爱倾听就更危险，这就像一只不停地充气的气囊，再结实也逃脱不了爆炸的命运。我想我凭什么要做一只充气囊，我情愿做一只打气筒。我认为饶舌是一种释放，有点像汽车尾气，尾随你身边的人不舒服，但你为了自身的健康可以自私一些，先让自己舒服了再说。

当我逐渐变成一个饶舌的人后，才发现语言是多么美好的东西，即使是一些粗俗的脏话，只要说出来，只要不藏在肠胃中，多少会有几分动人之处。当然这也是饶舌者的自我感觉。自我感觉良好，以为自己对世界很有帮助，是饶舌者最大的优点也是最大的缺点。

模仿某某某

名人的意思大概就是出名的人。出名的意思呢，大概就是一个人的名字大家都知道，而且烂熟于心。名人们在电视报纸上风光着，绝对不知道没名的人中间有多少双爱慕或者嫉妒的眼睛盯着他（她），恨不能替了你的容貌你的声音甚至你的屁股，说：你下去，我上来。

据说大多数美国人的梦想就是一生至少成为一小时的名人，这不知是美国人自己说的，还是其他国家的人传出来的，不是往他们脸上贴金就是往他们身上泼污水。依我看在出名的愿望方面，正应了条条大路通罗马之说，彼此彼此。

各国的传媒总是最善于捕捉自己的大众心理的。我记得多年以前看到一个国际新闻，说什么基金会办了模仿玛丽莲·梦露的比赛，参加者踊跃，得奖的人是所有评委觉得最接近此天造尤物的人，竟然是个男的！这事情一直让我咋舌，心想这男人够传奇的，他是怎么把梦露所有的撅屁股的姿势学来的呢？

这也许要论及名人对无名之辈的影响力。细细想来，名人出名其实就是靠这个姿势或者那个表情,这支歌或者那段演说,怎么看都容易,你让别人怎么不潜心学习努力模仿呢?况且这是边娱乐边投资,也不费多少力气。

大家来出名。先考虑曲线出名,模仿名人来出名。这也是全球化的简捷出名的趋势。前不久我有幸看到一台热闹的晚会,主题好像叫猜猜他(她)是谁之类的。一些衣着光鲜的男男女女戴着面具纷纷登台,起初不知他(她)是谁,亮开嗓子唱起歌,一听就知道他(她)是谁了,台下纷纷鼓掌。等到表演的人摘下面具,一看就发现,那人不是他(她),仍然不知道是谁,于是台下再次热烈鼓掌,这时候司仪隆重地报出模仿者的名字,奇怪的是,台下的掌声反而不是太热烈了。我就觉得有一种搞错了的感觉,替那些表演者叫屈,唱了半天好像是在替名人们做宣传。自己的名字呢,去哪儿了?一下台就让人忘记了。不由得让人思索这种出名办法的科学性。

令我难忘的是一个模仿某某青春玉女的人,唱的几可乱真,待到摘下面具更大吃一惊,原来是个十来岁的小男孩!我在感叹小男孩的天才之余,不由得在琢磨他父母的用意,怎么琢磨也不懂,为什么让儿子来模仿那个玉女?当真舍得让儿子变成个玉女去出名吗?

父 爱

关于父爱，人们的发言一向是节制而平和的。母爱的伟大使我们忽略了父爱的存在和意义，但是对于许多人来说，父爱一直以特有的沉静的方式影响着他们。父爱怪就怪在这里，它是羞于表达的，疏于张扬的，却巍峨持重，所以有聪明人说，父爱如山。

前不久在去上海的旅途上带了一本消遣性的杂志乱翻，不经意翻到了一篇并非消遣的文章，是一个美国人记叙他眼中的父爱的。容我转述这个关于父爱的故事，虽说是一个美国人的父亲，但那个美国父亲多少年如一日为儿子榨橙汁的细节首先让我想到我的父亲。我父亲则是几十年如一日地早起，为儿女熬粥，直到儿女一个个离开家庭。我一直在对比中读这篇文章，作者说他每次喝光父亲榨的橙汁后必然拥抱一下父亲，对父亲说一声我爱你，然后才出门。那个美国父亲则接受儿子的拥抱和爱，什么也不说。拥抱在西方的父子关系中是一门必备课，我从来就没拥抱过我的父亲，但我小时候每天第一眼看见父亲时必然会例行公事地叫一声：爸爸。到我长大了一些，觉得天天这么叫有点烦人，心想不叫你你还是我爸爸，有时就企图蒙混过关。但我父亲采取的方式是走到你前面，用手指指着自己的鼻子，我就只好老老实实一如既往地叫：爸爸。奇怪的是那美国儿子与我一样，他说他有一天也厌烦了这种例行公事的拥抱，喝了父亲的橙汁径直想溜出去，那个美国父亲就把儿子挡在门前了，说：你今天忘了什么吧？这时候我仍然在对比，我想换了我就顺势说，谢谢你提醒我，然后拥抱一下了事。但美国的儿子毕竟与中国的儿子是不同的，他想得太多要得也太多，贸贸然提出了一个非常强硬的问题，说：爸爸，你为什么从来不说你爱我？这个美国儿子逼着他父亲说那三个字，然后文章中我感动的细节就出现了：那个父亲难以发出那个耳熟能详的声音，当他终于对儿子说出"我爱你"时，竟然难以自持，哭了出来！

我读到这儿差点也哭了出来，我仍然在对比我所感受的父爱。我想我永远不会逼着我父亲说"我爱你"，我与那个美国儿子唯一不同的是，知道就行了。父爱假如不用语言，那就让我们永远沐浴这种无言的爱吧。

水泥古迹

不知是从什么时候开始的，神州大地掀起了旅游资源开发热潮，有现成的资源当然好，美丽的山美丽的水假如藏在深闺人不识，也是白白地浪费，为了经济效益，叫卖几声何尝不可。但许多地方没有什么，硬是来一个改天换地造文化的行动，弄出了许多水泥做的某某宫、某某洞、某某殿甚至某某城，看了就不免让人扫兴，有上当受骗的沮丧的感觉。

导游员不顾自己的脚是踩在去年刚刚浇筑的水泥地上，嘴里热情地介绍这是几百年前什么朝代的一个古迹，一个几百年前的什么历史文化名人在这里读书，或者在这里发迹，或者在这里被流放，又或者在这里梳妆吟诗。我每次听到导游这么介绍水泥古迹就恨不得对导游小姐说：你看见了？

不是我苛刻，实在是为了这些水泥古迹无端抢了北京故宫、西安兵马俑的生意而打抱不平。有时看见一群没有主见的旅游者被大客车拖到这样那样的假古迹去，心里会想：好糊涂的人呀，旅游旅游，要么游山水，要么游古迹，哪里听说有去水泥宫殿水泥古城凭吊历史的？但是我知道一定有人会听信旅游图册上对这些水泥古迹的历史回顾，说这就是历史上记载的什么事件的发生地，这就是历史记载的什么人的出生地，虽然年代久远人间沧桑，战争的炮火或者某一场火灾毁掉了原物，但我们已经重新恢复了当年的模样，所以大家到此一游就多拍些照片，很有纪念意义哪。我觉得误区其实就在这里，既然毁掉了，你去重建它干什么？既然物不是人已非，你怎么重建也不是它了，与涂上红漆的水泥廊柱合影，不如抱一个水泥袋拍张照片！

自然就想到了北京圆明园，去过那里的人都知道那是一片废墟，但却是真迹。被毁掉的东西就让它保留残骸，这就是唯一的另外一种古迹。我们假如一定要去凭吊古迹，其实也只有两种选择，或者就是完整保留的，或者就是废墟。务必不要去看水泥古迹，看了白看不说，还被骗去买门票的钱买汽水的钱，多冤枉！

口头腐化

口头腐化这句话不知从何而来，我小时候经常听同学说，谁跟谁搞腐化，说的是男女的婚外私情。我虽然没有体验，但知道那是怎么回事，觉得那是成人世界的一种罪恶。这些年来，社会在进步，男女私情都有别的正规的学术化的名词来归纳了，腐化这个词有点物归原主的意思，主要是和堕落、贪赃枉法、徇私舞弊这种劣行联结在一起，它的性意味默默地消失了，但有人却怀旧，把一些爱说荤话、不正经话的人形容为口头腐化分子。

口头腐化分子基本上是男性，看他外貌并不腐化，有的还文质彬彬戴了副眼镜。这些朋友大凡在适当的场合大显身手，先来个过渡，或者有喜欢听荤话的替他过渡，抛砖引玉，口头腐化分子便自愿上当，陆续地将那些藏在被子下面的话题摆出来，都是似真似假的故事，少儿是不宜的，听了也不懂，但成年人大多能听懂，而且大多爱听，其中也有些不害羞的女性。口头腐化分子的才华和专业水准也参差不齐，有爱说又说不好的，被人骂狗嘴里吐不出象牙。但说得精彩绝伦的人是很多的,所以有人说这种大师是狗嘴里吐出了象牙。

多年来我一直是那些口头腐化分子的忠实听众,试想想在寂寞无聊的旅途上,在一个沉闷冗长的会议上,给大家带来快乐的总是这些口头腐化分子,而一个口齿清洁的人,你就是将《圣经》背诵出来,也不会有多少人来听你的。我有时爱钻牛角尖,琢磨这些朋友是什么本事,让他将腐化付诸行动,他不干,单单在嘴上腐化,腐化出各种花样来,腐化得幽默,腐化得深刻,腐化得比真实的腐化更加腐化,自己过瘾不说,还让别人也过了老瘾,一场欢喜过后,谁也没犯错误。

人们通常认为口头腐化分子在生活中格外检点,行为与语言二律背反,好像这是事实,也是口头腐化分子最让人眼红的地方。仔细想来,人类对自身的了解有时要超越科学。口腔的作用我不说大家也知道,但谁能说得出为什么口腔也有排泄的功能呢?容我在这里班门弄斧,我想性的罪恶大概是所有罪恶中最容易消化的,排出去就没事了,就安全了。

让人忧虑的口头腐化分子现在面临着来自女性的威胁,有的女性耳朵也讲清洁,她们说口头腐化也算性骚扰,要把他们告上法庭。但法律是讲求事实的,我相信口头腐化分子站在被告席上,不会十分惊慌,一句话就能博得大家尤其是男性的同情:我什么也没干!

自我保护

即使是孩子也不可小觑，自我保护能力在童年时代已经萌芽。孩子们在外面做了坏事，能瞒则瞒，有人告状到门上，看看父母的脸色，知道瞒不过去了，就诚恳地说：我告诉你们，可你们不准打我！于是避重就轻地交代了自己的错误，一边注意着爸爸和妈妈的手势，当那只手显示出某种危险的信息时，孩子就伸出一只手挡在自己面前，就像拳击运动员的防守姿势，嘴里说：不准打我！但大人就是大人，气急了就言而无信，一巴掌终于打了过去，这时候孩子就亮开嗓门大哭起来：你答应不打我的，你说话不算数！

什么麻烦事都可以通过自身的努力，减轻其不良后果，连孩子们都深得其中三昧：我全部都告诉你，你别打我！这样的要求虽然不一定就奏效，但说了总比不说好，说了至少能让对方出手轻一些，少受一点皮肉之苦。

成人世界当然更加复杂更加老谋深算一些，成年人犯了错误不用面对父母，不是面对配偶，就是面对警察。私生活方面，男的做错了事，就对老婆说：我一时冲动，过了界线，我从今天开始就跟那个狐狸精断绝来往，让我们重新开始吧。女的红杏出了墙，就哭哭啼啼地说：我对不起你呀，我没脸见人了，你让我去死吧。这都属于"把话说在前头"，你如何处置，自己掂量着办。最耐人寻味的是面对刑法和警察的人们，犯法的人总是轻易地找到了说词。强奸犯说：是黄色录像害了我，我中毒太深不能自拔呀。贪污犯说：是金钱诱惑了我，一失足成千古恨呀。甚至杀人犯也不甘示弱，说电影电视里的暴力镜头太多，暗示他教唆他，结果他不小心杀了个人。这些聪明人一方面竭尽全力为自己开脱，另一方面也像挤牙膏一样挤出一些犯罪的供词，因为他们深知执法的人是讲政策的。古代的政策是官本位，官吏大人大喝一声，从实招来，本官饶你一命。现在是依法量刑了，但这些犯罪嫌疑人一抬头就看到"坦白从宽 抗拒从严"的标语，暗自掂量一下，心想还是坦白吧，坦白是容易的事，要是坦白得好了，说不定就捡个大便宜，回家去了。

　　人到底是高级动物，不像那些飞翔的鸟类，看上去自由自在，可是你一枪就把它打下来了。人是善于保护自己的，所以他们不在天上飞，他们就在地上活动，即使是做坏事也是脚踏实地，你要是去逮捕他，他只要把双手一举，说，我投降。一张嘴，一句话，就把自己的小命救下来了。以后的事情以后再"说"。

HIV 阳性

闲来无事，随手拿起一本摄影杂志，忽然发现一组照片，题目是"面对艾滋病的人们"。我记得之前是翻过这本杂志的，也看到了那几张照片，却没有留意标题，万万没有想到照片中的人物是一个个艾滋病携带者，不怪我缺乏眼力，实在是那些不幸者的笑容太真实太轻松了，看上去就像一群普通的模特儿。

非专业人士的专业观念大多是陈腐的，人云亦云的，所以他即使爱好摄影也只能拍些荷花翠鸟母子天伦之类的东西。好的摄影师总是独具匠心，解放观念的同时也解放了他们的摄影思想。仔细观察这组照片，可以发现这摄影师要的是面对艾滋病的轻松、从容、大无畏的微笑，而不是我们想当然的忧伤、恐惧和聆听死神脚步的眼泪。

最让人难忘的是一个小女孩，七八岁的样子，天真无邪四个字写在她的眉眼之间甚至可爱的额头上。女孩的两只小手咬在嘴里，对着摄影师的镜头笑着，读者朋友可以想象小女孩羞涩而灿烂的笑容。正因为这样的笑容，我有一种不能克制的心痛的感觉。照片下面有一行简单的文字介绍：

> 维罗尼卡，维罗尼卡和她母亲都呈HIV阳性。
> 她还不知道自己与别的孩子有什么不同。

令人心痛的其实恰好是这个事实。我想这张照片我以后是再也不想看了。我情愿看其他十四张成年人的照片。相信这些人都清楚摄影师拍摄他们的目的，同时他们一定理解并赞同了摄影师的创作构想，做出了最大限度的配合，因此我们看到了这群笑对死神威胁的人们，有一个快乐地坐在大木桶里，有一个穿着溜冰鞋，有一个当了祖父的人抱着孙女正享受天伦之乐。我注意到这十四张笑脸，十四张笑脸没有丝毫勉强的成分，都是真实自然的笑容。

我感到震惊，不知是因为我对于真实的理解受到了致命一击，还是因为我终于发现我对摄影一窍不通，我必须承认我没有完全读懂这组照片。我一直相信这样的人类情感法则，该微笑的时候就微笑，该流泪的时候就流泪。可现在有人重新创建了情感法则，开始有人以微笑替代眼泪了。我不知道这是否意味着一个乐观无畏的时代即将来临，但我想正如乐观无畏是太阳的孩子，恐惧和悲伤就是黑夜的孩子，它们唇齿相依，互相之间无法转换，也是没必要转换的。

追星族

追星族是什么样子的？我以前所知甚少，因为没有什么人追我，我也不去追别人。单单从字面上去理解，就是一个明星在路上慌慌张张地跑，那些族的人就在后面拼命地追，嘴里发出狂喜的欢呼声，我就是这样想象追星族的。可是想象毕竟是想象，它不能代替现实。有一次我看电视转播的一场歌会，当一个大红大紫的男歌星登上台来，斜刺里冲出一个妙龄少女，搂住那个男歌星就是一口，这少女一定是被巨大的幸福冲昏了头脑，亲过以后不知如何是好，只是热泪盈眶地站在台上，好像要与男歌星同台献艺，旁边的工作人员就上去把她拽下了台。这时候我才注意到那少女不像是一个狂放不羁的另类少女，当她离她的偶像越来越远，少女的单纯和羞涩就重返到她脸上。我不知是出于男性天然的嫉妒，还是出于对少女的爱护，对着电视机说：那么皱巴巴的一张脸，有什么可亲的？

我知道追星族们对我这种酸溜溜的话不以为意，就是我自己都觉得虚伪。假如我有幸成为一个歌星，假如有个少女这么冲到我面前来，在我皱巴巴的脸上亲一口，我就不会是这个态度了。我对追星族的态度应该说是很矛盾的。一匹马大家骑，一锅粥大家喝，万一我现在嘲弄了追星族，万一我大器晚成也被包装成一个歌星，万一追星族记恨我，谁也不来追我，那我真是要后悔莫及了。到头来出名也是白出名，只能继续说一些要耐得住寂寞要特立独行之类的话，来欺骗自己。

以上的假设再次暴露了我的自命不凡的嘴脸。其实哪有这等好事等着我这个半老文人？面对追星族，我还是感到莫名的失落和不平，同时还有压力，压力来自我的身边。家有小女初长成，目前正为《还珠格格》里的苏有朋先生和赵薇小姐神魂颠倒，我现在虽有远忧，却无近虑，谅她小丫头还没有能力冲到哪儿去亲那两个偶像。但是她最近却突然对一个同班的小朋友颇多羡慕，说：某某最近在班上很走红。问她为什么走红，却原来那个小朋友与苏有朋是同月同日生，生辰八字是一样的，星座当然也是一样的，当然她也搭车跟着走红啦。

我看小女当时的表情就预料她日后做一名追星族是很有潜力的，心里一着急，忍不住大哭一声：不准追星！小女茫然地看着我，说：谁追星啦？我从她的眼神里看出来她是要我解答不准追星的道理，可是这其中的道理，我一时也说不上来。闪烁其词之间就把歌星影星一通贬损，不免有人身攻击之嫌。这么一来我也把自己的后路断了，为父之道也须为人师表，看来我必须放弃自己的明星梦了。

苍老的爱情

  我相信爱情。历代以来与爱情有关的浓词艳篇读了不少,读到的大多是爱情的缠绵、爱情的疯狂、爱情的诞生和爱情的灭亡。我今天的话题与此无关,是关于爱情的平淡、老迈,说的是一种白发爱情,它不具备什么美感,也没有悬念和冲突,被唯恐天下不乱的文人墨客有意无意地疏漏了,但我肯定这么一种爱情随处可见,而且接近于人们说的永恒。我建议你在左邻右舍之间寻找,而且我建议你排除那些年轻的如胶似漆的爱侣,请将目光集中在那些老朽的夫妇之间,说不定就找到了那一对。

  读者朋友能听出来我这里有一对经典。确有经典在此,是我的邻居,现在已经去世多年了。

  从我记事起他们就不再年轻了,他们的两个女儿都已出嫁。我记得那个妻子身材高大,看得出来年轻时候是个美人,而丈夫个子比妻子要略矮一些,但眉目也很端正。许多晴朗的日子里他们出现在街上,妻子端着一盆衣服去井边洗衣,丈夫就提着一只水桶跟在后面,妻子用手拍打阳光下的棉被,丈夫就从家里出来,递上一只藤编的拍子。有一次我亲眼看到他们的女儿带着自己的丈夫孩子回娘家,小孩在外面敲门,大声喊叫:外公外婆快开门!门内就响起一阵杂沓的脚步声,门开了,我看见那对老夫妻的脸,两张笑脸,一张在门的左侧,一张在门的右侧,我惊讶地发现那对老夫妻笑起来嘴角都往右边歪。

但如出一辙的笑容不足以说明老人的爱情。一切都发生在老妇人去世那天。

人总难逃死亡之劫,但老妇人死得突然,是心肌梗死。街上的邻居在为老妇人之死悲叹的同时也为那个做丈夫的担心,说:她这一走让老头子怎么办?老头子能怎么办?他只是默默地守着妻子的遗体,去吊唁的人都看见了他的表情,没有想象中那么悲痛,他只是坐在那里,平静地守着他的妻子,他最后的妻子。到了次日凌晨吊唁的人们终于散尽时,邻居们听见两个女儿再次恸哭起来,他们以为是亡母之痛的又一次爆发。到了清晨,人们看见老夫妻的女儿在家里搭起了另外一张灵床,因为他们的父亲也去了!

这不是我编造的小说,是真事,我所认识的一个老人紧随亡妻一起奔赴天国。女儿说父亲死的时候一直是坐着,看着母亲,后来他闭上了眼睛。他们以为他是睡着了。谁能想到一个人的死会是如此轻松如此自由?

所有的人都为这个做丈夫的感到震惊。是无疾而终吗?不对,依我看老人是被爱情夺去了他剩余的生命,有时候爱情是一种致命的疾病。我从此迷信爱情的年轮,假如有永恒的爱情,它一定是非常苍老的。

林荫大道的命运

　　如果有个什么外地人计划到南京旅游一天，如果我是导游，我会替他作如下安排：从沪宁高速公路入南京城，让他途经东郊、中山门、档案馆、午朝门、逸仙桥、大行宫，来到金陵饭店（住得低一点，因为让他在高空俯瞰南京市容并不明智，市中心地带仍然保留着太多的亭棚经济和卖"大片小片哈密瓜"的三轮车，不怎么美观）。稍事休息，让他去中山陵、明孝陵游览两个陵墓，玩累了就去哪儿吃点盐水鸭、芦蒿臭干、菊花脑鸡蛋汤什么的。这时候如果夜色阑珊了，就让他在视觉有点模糊的情况下去中央门汽车站等车，让他回家去。如果这个旅行计划付诸实现，这个幸运的外地人将对南京留下永远难忘的好印象。

　　这个人恰好经过了南京目前保存最好的林荫道，中山东路和中山北路。两条四行树的林荫道虽然为道路拓宽各自牺牲了一行，就像一个人的四肢少了一条胳膊，但是底子厚，剩下的法国梧桐身残志坚，仍然为南京城搭了两大片绿荫。

　　这就说到了我们引以为骄傲的林荫道。我已经当了十六年的南京人，每次到外地总能碰到一些外地人向我诉说他对南京的印象，你们南京最美的是——这时候我忍不住替他说了，是那些法国梧桐！说南京说她的六朝故都秦淮金粉是一种文化型知识型的交谈，怎么说都没有尽头，说南京的林荫道却显得那么朴实那么简洁。外地人说：你们南京的林荫道——我说，唉，砍了不少了——这谈话一下子就切入了尾声，大家都是知道世面的人，不用多说什么，就知道一些梧桐树们为城市的交通献出了自己的生命，也是死得其所。

谁也不傻，谁也不想在一篇文章中喋喋不休地论证完美的林荫与完美的交通在一个城市中的地位孰轻孰重，但是我想坦诚地表达我对南京著名的林荫道的热爱。现在是冬季，南京的那些法国梧桐只是在寒风中渲染了这城市的油画效果，但到了盛夏，林荫道的美就是务实的了。我记得十几年前的南京林荫道，我从位于城西干道的南京艺术学院去御道街附近的一个朋友家，骑车骑到草场门内的北京西路，脑袋顶上就尽是绿荫了；请想想，在绿荫中骑车三十分钟，这是多高的待遇。我想全国几亿骑车族，南京的骑车族享受的差不多是厅局级待遇。那时候我就曾想，我那些留在北京的同学在干什么，他们如果也在骑车就好了。留北京好？长安街好？好是好，给我烤太阳去吧。

说着说着好像有点离谱了。回到林荫道的问题上来，回到林荫道给我们的待遇上来。现在是二〇〇〇年了，南京发展得今非昔比，发展是硬道理，没有那么多"但是"。但是我还是有点遗憾，城市的发展与林荫道恰好是一对敌我矛盾。我还记得几年前的一个夏天，我骑车经过鼓楼一带，突遇毒辣的日头，一时反应不过来，跳下自行车四处一望，才意识到此年春天鼓楼一带有许多大梧桐树为地下隧道献出了生命。我从此对那个地下隧道充满偏见。

　　偏见怎么粉饰还是偏见。我不想发表这么个愚蠢的观点：要梧桐不要隧道。我最终还是回到南京人习惯的立场上来，少了几棵梧桐树——"多大的事？！"况且南京的树还是比别的城市多，盛夏骑车的南京人待遇虽然降低，但科级待遇大概还是有的，所以我事先确定的题目显得有点危言耸听：树的命运就是文明的命运？哪个讲的？

　　树的命运是谁的命运？我不确定。一定要说的话，树的命运大概也只能是树的命运了。

自助旅行

白洋淀是我此生第一个旅游的目的地，当时还没有自助旅游这样的词，也没有旅行社帮助我确定旅游的行程——即使有我也不找他们，因为我当时是一个靠父母接济的穷大学生，去个什么地方假如要花很多钱，是月球我也不去。

我有个同学，平时常有出人意料的言行。那天跑来对我说：白洋淀的水快干了，以后就要消失了，我们去看看白洋淀怎么样？我恰好与他一样是个冲动而没名堂的人，就说：那就去啊！

第一次旅程就在冲动与匆忙中确定了。需要两辆自行车做旅行工具，可是二十世纪八十年代初，自行车是人人心爱的东西，谁会轻易地把它借给我们骑远程呢？好不容易遇到一个豁达大度的同学，首先把自己的一辆破车借出来，又带我们去他亲戚家推了另一辆，另一辆更破——没关系，有轮子就可以，我们上路了。

记得是一个风和日丽的早晨，我们驱"车"离开北京城，一路向河北省境内骑过去。骑了很长时间，却还在北京的郊县，一生气就下来休息了。坐在路边喝水的时候我的头脑才清醒了，知道为什么别人去什么地方都要搭火车搭汽车，但是这时候没有后悔药吃了。就鼓足勇气又上路，觉得腿发软，路白花花的没有个尽头，转脸看看我的同学，心里说：上了你浑蛋的当了，白洋淀有水没水跟我有何相干，我这是自讨苦吃！心里这么想嘴上却不能说，对同学说：我看你气喘吁吁的，再休息一下怎么样？

就这样一路在公路上奔走，好不容易到了河北的霸县，天已经黑了。原来的不花钱住宿的计划完全成了纸上谈兵，两个人看见一个小旅店，互相看一眼，一头就冲了进去，很快就摊开四肢躺在肮脏的大通铺上，没有什么感受，唯一的感受是鼻孔里灌满了不知来历的脚丫子臭。

第二天早晨，一夜昏睡养足了我们的精神和体力，虽然腰酸胳膊疼，但为了把一件事情做到底，两个人在公路上就像赛车一样，拼命地往目的地骑。不知不觉地到了安新，不知不觉地看见了一片大水，我那个同学发出了欢呼声，我跟着他的车撒欢似的到了水边，突然意识到出了什么问题，突然发现所谓的淀其实就是湖，写法不同，但都是由一片大水构成的。而我来自苏南水乡，这样的湖水是早就看见过的。我骑车两天，为了看这一片水，犯得上吗？

所以我的第一次自助旅行是在上当的心情中看见了目的地，上的是我那个同学的当：他从西北来，从小到大没见过淀，当然更没见过湖。

沙漠中的一天

新疆之行最美好也是最枯燥的部分开始了。我们要离开新兴的石油城库尔勒,穿越世界著名的塔克拉玛干沙漠,到南疆去。

沙漠上有了路。不是驼队走出来的路,是现代化程度很高的沙漠公路。汽车行进在沙漠中间,我觉得很像一条船行驶在茫茫的大海上,只是那些生长在沙漠中的红柳、梭梭柴提醒我们,地球上的任何地方都有生命在活动,鱼儿代表海洋,而红柳和梭梭柴代表沙漠。

沙漠中最壮美的当然还是沙。沙丘在阳光下逶迤起伏,并且泛出一种黄金的颜色,我记起贝尔托鲁齐的电影《被遮蔽的天空》中的关于沙漠的荒凉的却是金黄色的镜头,镜头总是不如肉眼所见来得真实来得细腻。我庆幸我们最终选择了一条艰苦然而有价值的旅行路线。我们触摸到了沙漠的棱角和质地。

车上有人拿出了地图,但是谁也说不清我们的旅行车处于沙漠的哪个位置,即使是司机。这沙漠实在太大了。然后坐在前排的人突然叫起来，看那些沙子！我们都欠起身子，看见前方的路面上，有一些沙子正在随风穿越公路，就像一条小溪似的，从公路的这一侧淌到那一侧去，又像一群细小的生命携着手，小心翼翼地，过马路。

上车睡觉，下车撒尿，这是本地人对在新疆汽车旅行的概括。我们曾经在一片胡杨林前停车，这时沙漠的天空中飘起了罕见的雨点，我们都跑到了沙丘上。不知是谁先看见了那七块石头，是七块称得上美丽的石头，色彩与花纹都美，同行的叶兆言兄正在收集石头，我们下意识地去搬那些石头，搬到手中时突然意识到了什么问题：这七块石头出现在沙漠中明显是不同寻常的——都猜测七块石头是记号，也许石头下的这个沙丘也不同寻常。是谁把石头放在这儿呢？大家胡乱猜测了几句，把七块神秘的石头又留在了沙漠中，无论如何，这是最保险的做法。

一天的时间不能走出塔克拉玛干沙漠，傍晚我们看见了沙漠深处的塔中油田的一个指挥部，一座海市蜃楼般的建筑。

夜宿油田指挥部，半夜依稀听见一种奇妙的若有若无的声音，起身来到窗前，看见月亮高挂在沙漠上空，夜色中的沙丘酷似一幅简洁而生动的剪纸。

你听见什么声音了吗？

听见了。是风吹流沙的声音。

如何迎接新世纪

时间消逝的速度总是比人预料得要匆忙。几年前我从媒体和孩子们的作文中看到"跨世纪"这个字眼，还觉得这是一件很遥远的未来的事，没想到这会儿跨世纪已成事实。千禧年，千禧年，有幸活着的人有一件共同的喜事，坐在这里，不费吹灰之力就跨了世纪，听起来高难度的事情，做起来竟然那么容易。

我的生活有一半留在了二十世纪，这一半生活一定有许多错误的地方，却没有机会矫正了；一定有许多令人痛心的细节，却怎么也想不起来了，必须对自己说，来日方长。此话依据何在？依据其实就是时间，这可爱的又狡猾又聪明的玩意儿，你以为你在把玩它，夜深人静的时候，听见窗外的风声，看见床边的月光，你突然意识到你是被时间所围困的，时间，它一直在玩弄你呢。

就这么迎接二十一世纪了，孩提时代所想象的未来顷刻间成为了现实，未来就莫名其妙地失去了诗意，这有什么可以抱怨的吗？没有，就像我们年复一年的生活，归根到底，迎接的其实是一次次的日出月落。这是人类母亲对儿女们永恒的安排，也是唯一的安排。

意大利作家伊塔罗·卡尔维诺有一部小说——《爬在树上的人》，主人公出于对现实的不满和逃避，爬到一棵树上生活去了。这些日子以来，看到报上电视上人们在展望千禧年时，我总是会莫名地想象卡尔维诺笔下的那个男人，想象这个人在树上眺望时间看见的是什么景象。生活在树上的人，他是否能够描述时间消逝的每一个细节呢？也许风雨雷电、朝露暮霭以及绿树叶的存亡可以帮他的忙，可是他又如何描述时间对我们深刻的敌意和无穷的威吓呢？时间说：因为我的存在，你们注定是另一种植物，你们的命运最终也是枯萎，或者凋零。

看来树上也去不得。许多勇敢而聪明的人信誓旦旦，说要在有限的生命里创造无限的光荣，将自己的名字留在历史的册页上。这功勋其实仍然是建立在纸上（也许在多媒体光盘上），说到底，我们迄今找不到一个最彻底的方案，如何与时间斗争到底。

你为何对我感到失望

曾经在书市上遇到一个特别的读者,他空手排在等待签名的队伍中,走到我面前时,他尖锐的目光盯着我,那种眼神使我感到莫名的紧张,然后我听见他说:你不该随便出来签什么名,我是你的读者,但是见到了你我觉得很失望。

我一直记得这个直率得令人恐怖的中年男子。使我震惊,使我恨不能立即找面镜子看看自己的榜样。他的"失望"包含着什么样的内容?这是我一直想探询的事。

我不能面对读者对我的失望。我爱我的读者,因此在那个外地城市的一天我成了更加失望的人,而我却是对自己感到失望。我其实不知道那个读者对于我的观感,是我疲倦的表情还是僵硬的微笑使他失望,还是我的模样气质与作品名不副实使他产生了受蒙蔽的感觉?他却不说!我内心有了一种过失犯罪的感觉,这次经历使我后来对签名售书之类的活动避之唯恐不及。

亡羊补牢却难免百密一疏。可恨我这种人不是能够隐居的料子。不久前和几个作家同行去台湾,抵达第一天我们随几个熟识的朋友去茶馆闲坐，没说几句话，一个当地的女士就诚恳地告诉我，她对同去的某某作家很失望。她说，没想到他是这么沉默的人，像个老人！不知怎么我又有了犯错误的感觉，我想她的失望也一定适用于我，我想这到底是怎么回事，为什么一个作家出现在别人面前那么容易让人感到失望。事实证明我那天的联想并非是敏感，临要离开台湾的时候，一个几天来相处甚欢的记者朋友也用同样真诚的语气告诉我：告诉你，我们对你很失望哦！

这次我突然生气了。我不再有那种脆弱的对不起大家的感觉了，我突然意识到在这些失望的人面前我是无辜的，我突然觉得我不该对他们的失望负责。我想他们的失望在于某种期望，可是为什么要对一个陌生的未曾谋面的人有所期望呢。我假如是一棵梨树，别人把我看成一棵桃树，我不能因此责备自己。别人假如喜欢的是桃树，我作为梨树只能用外交辞令对那些失望的人说：非常抱歉，你看错了，我不是桃树，是一棵梨树。

我不知道我的这种经历是否涉及了一种人际关系，但我想人与人肌肤相亲并不是一件危险和可怕的事。任何人不必对他虚幻的期望负责，能让大家都喜欢你是幸运的，能让大家都讨厌你是不幸的，但是按照别人的期望呼吸、吃饭、说话、打哈欠是不必要的。一个人只能生活在自己的音容笑貌之中，即使它充满缺陷。我的天性总是使我在那些失望的眼神下面露出尴尬的微笑，但我想教唆一些年轻而勇敢的朋友，当有人对你说我对你很失望时，你可以这样回答他——我对你的失望很失望。

© 苏童 2016

图书在版编目（CIP）数据

你为何对我感到失望/苏童著.--沈阳：万卷出版公司，2016.9
ISBN 978-7-5470-4264-9

Ⅰ.①你… Ⅱ.①苏… Ⅲ.①散文集—中国—当代
Ⅳ.①I267

中国版本图书馆CIP数据核字(2016)第192195号

出 品 人：刘一秀	
出版发行：北方联合出版传媒（集团）股份有限公司	
万卷出版公司	
（地址：沈阳市和平区十一纬路25号 邮编：110003）	
印 刷 者：北京鹏润伟业印刷有限公司	
经 销 者：全国新华书店	
幅面尺寸：145mm×210mm	装　　帧：平　装
印　　张：9.25	字　　数：210千字
出版时间：2016年9月第1版	印刷时间：2016年9月第1次印刷
责任编辑：王亦言	责任校对：李志宇
装帧设计：张　莹	
ISBN 978-7-5470-4264-9	
定　　价：32.00元	

联系电话：024-23284090　　邮购热线：024-23284050
传　　真：024-23284521　　E－mail：book_light@sina.com
腾讯微博：http：//t.qq.com/wjcbgs　　网　址：http：//www.chinavpc.com

常年法律顾问：李福　版权所有　侵权必究　举报电话：024-23284090
如有质量问题，请与印务部联系。联系电话：024-23284452